Fekete szivárvány

Meghalt remények

Orbán Mária
2016
Publio Kiadó
www.publio.hu

Október van. A szél számolatlanul tépi le a fákról az ősz által megfestett tarka leveleket. Az égen sötét felhők gyűlnek, és a kövér esőcseppek monoton kopogása jelzi: véget ért a nyár!

A szélben bólogató fák búcsút intenek a vidám napsugaras napoknak, hisz a sárgarigó is elköltözött már.

Elvitte magával a nap melegét, a derűt, a boldogságot, elvitte a szerelmet.

A magány ilyenkor fáj a legjobban. Húsz éve már, hogy Kárlosz számára az ősz kezdete a remény, a fiatalság vége csupán.

Már dereng odakint, 4 óra felé járhat az idő, mert a tejes autó most haladt el a ház előtt.

Viszi a tejet a sarki közértbe. Minden reggel 4-kor. Kivéve vasárnap.

Kárlosz (ahogy a barátai hívták régen) kiült az ágy szélére, papucsba dugta a lábát, és csendben átsétált a szobán.

Bement a fürdőszobába. Az ajtóval szemben volt a zuhany, mellette jobbról a wc, balról egy kézmosó, majd egy kicsi felültöltős mosógép. Halvány fény derengett, csak a kis ablakon keresztül szűrődött be némi fénysugár.

Kárlosz megszokott mozdulattal nyúlt a zuhanyfülke bal sarkában lévő tusfürdőért. A jobb sarokban volt a fogmosó pohara. Miután végzett a tisztálkodással, visszament a szobába, felvette az egyetlen öltönyét, amit az édesanyja vett neki néhány hónapja, hogyha ő meghal, tudjon felvenni valami rendes ruhát a temetésére.

Kárlosz csak legyintett a kezével: -Ugyan már mami, te soha nem halsz meg.

- Csak azt sajnálom, hogy nem született egyetlen unokám sem.- mondogatta halkan az édesanyja.

És most...Már ő sincs többé!

Kárlosz szeme elhomályosodott, majd az arcát egy könnycsepp szántotta végig. Rég sírt már.

Azt hitte, már nincsenek könnyei, már elsírta őket. Még az édesanyja temetésén sem tudott sírni.

- Hogy tud így fájni az élet?! Miért élek én?! Már mindenki halott, akit szerettem!- tört ki belőle a fájdalmas zokogás.

Hosszú percekig sírt, amíg végre elapadtak a könnyei. Ezután megtörölte a szemét, majd az ágya mellett lévő botjáért nyúlt, és elindult az utcára.

Odakint álmosan pislogott a lámpa, s olyan hideg szél fújt, hogy szinte a csontjáig hatolt.

Kárlosz összehúzta magán a kabátot, és fejére billentette a kapucniját.

Lassan, de biztosan bandukolt a járdán a városból kivezető úton. Megkondult a templom harang. – Öt óra- motyogta.

Körülbelül fél óra multán lelassította lépteit, és az utolsó városi lámpa fényénél megvillanó fehér botja segítségével az autóút legszélére húzódott. Még pár száz méter- gondolta.

Egy autó lassított le mellette, majd egy fiatalember szólította meg, nem túl barátságosan:

-Hé tata! Kapcsold fel a villanyt, mert sötét vagy!- hallatszott az autóból, majd nagy hahotázásba törtek ki. Legalább öten, vagy hatan lehettek. Miután kiszórakozták magukat, odébbálltak. Kárlosz nem haragudott a srácokra, hisz ő is volt fiatal, és sajnos felelőtlen is.

Tovább bandukolt, és a szíve egyre hevesebben vert. Mindig ez történik. Soha nem tudja már megszokni, hogy ők már nem élnek, már nem válaszolnak, és soha többé nem mondhatják el, hogy megbocsátottak-e neki. – Istenem! Hány álmatlan éjszakát kell még megélnem? És hányszor kell még izzadságban úszva, rémálmokból ébrednem?

De kérdéseire most sem kapott választ. Mint ahogy már régóta, most is csak a csend volt a társa, ami körül ölelte, kínozta, fojtogatta.

De ő ment tovább, kereste a békét, a feloldozást, hitte, hogy egyszer majd kap egy jelet, hogy a srácok megbocsátottak neki.

Botjával most nekiütközött a rég kivágott fa csonkjának. Igen, innen már csak tíz lépés.

Ekkor valami iszonyú sebességgel közelítő járműre figyelt fel, valószínű kamion lehetett. De már késő volt! Hatalmas ütést érzett, majd elrepült valamerre. Ez volt az utolsó emléke.

A kórházban tért magához, iszonyú fejfájással. Hatalmas kötés volt a fején, és a dereka, a lába is rettenetesen fájt. Valami nyöszörgésféle hagyta el ajkait. Ekkor lépett hozzá egy hölgy, aki megkérdezte,: Hogy érzi magát? Kárlosz próbálta elmondani mit érez, de annyira erőtlen, gyenge volt, hogy egy hang nem sok, annyi sem jött ki a torkán.

Ezután távolodó léptek zaját hallotta, majd kisvártatva újra közeledni vélt valakit.

Egy erős férfihang érdeklődött hogyléte felől. Próbált újra és újra hangot adni, de most sem sikerült. A férfi, aki dr. Pataki néven mutatkozott be valamit mormolt az ápolónőnek, aztán mindketten elhagyták a kórtermet.

Nem soká visszajött a nővér, és elmondta Kárlosznak, hogy nagyon csúnya belső sérülése van. Kérte, hogy ha tud, beszéljen hozzá. Ekkor erőtlen, suttogó hangon azt kérdezte, hogy került ide?

A nővér elmondta, hogy néhány órája a szomszéd kisváros határából szállították be a mentők, mivel az útszélén feküdt félholtan. Valószínű, hogy egy nagyobb teherautó, talán egy kamion üthette el, de továbbhajtott, talán nem is vette észre, hogy embert ütött el, nem pedig vadat. Azt, pedig végképp nem érti senki, hogy hogyan került a város szélére gyalog, és olyan korai órában?

A férfi válaszra formálta az ajkát, de iszonyú erőtlen volt, még mindig nem bírt szólni egy szót sem. A nővér nem erőltette tovább a beszélgetést, ehelyett azt kérte, próbáljon meg pihenni. Őt persze bíztatni sem kellett, pillanatok alatt álomba zuhant.

A következő napszintén iszonyú fej és derékfájásra ébredt.

- Nővérke! -szólt erőtlen, elhaló hangon.

Kisvártatva egy női hang hallatszott kb. 1 méternyire tőle.

-Nos Károly bácsi felébredt? Hogy érzi magát?

-Nagyon fáj a fejem és a derekam.

-Mindjárt hozok egy fájdalomcsillapítót.

Ezzel elszaladt, majd néhány perc múlva visszatért, és egy szem gyógyszert dugott a szájába, majd egy pohárból vízzel itatta. Károly bácsi még egy embert hallott közeledni.

-Nagyon gyenge vagyok. -szólt alig hallhatóan.

-Ezen nem csodálkozom, hisz nagyon súlyos sérülései vannak. Erről majd a doktor úr fog önnek beszámolni.- felelt az ápolónő.

- Jó napot kívánok! Dr. Pataki Ernő vagyok, talán még emlékszik, tegnap már találkoztunk.

- Jó napot doktor úr! Igen emlékszem. Szeretném tudni, mi a bajom? – kérdezte Kárlosz elhaló hangon.

- Sajnos nincsenek jó híreim. Mivel hozzátartozót nem találtunk, önnek mondom el, hogy a felgyógyulására sajnos nincs remény. Mivel olyan belső sérülései keletkeztek, amik ezt teljes mértékben kizárják. A fején lévő kötést a nővér mindjárt kicseréli. Ha fájdalmai lesznek, kap fájdalomcsillapítót, sajnos mást nem tehetünk. Viszontlátásra!- és halk léptekkel távozott.

- Viszontlátásra! – szólt Kárlosz

A nővér lassan, óvatosan elkezdte szedni lefele a kötést. A férfinek nagyon furcsa érzése volt. Határozottan úgy tűnt neki, mintha egyre erősödő fényt látna.

-De hisz ez lehetetlen!!! – kiáltott fel teljes erejét összeszedve. – Ez lehetetlen!- ismételte önmagát.

- Mi olyan lehetetlen Károly bácsi?- kérdezte a nő.

- Látom a fényt! Látom a fényt! Ez lehetetlen!- mondta újra és újra

- De miért ne láthatná? – kérdezte megdöbbenve az ápoló

- Én húsz éve vak vagyok.

- A nővér egy lépést hátrált, mintha ragályos betegséget vallott volna be a beteg, aztán az arcára ült döbbenettel fürkészte az embert, aki húsz év után ismét lát.

- És mi történt? Hogy vakult meg?- kérdezte, miután felocsúdott meglepetéséből.

- Ez egy nagyon hosszú történet.- felelt csöndesen

- Szívesen meghallgatom, most van egy kis időm.

- Nekem viszont nem biztos. – mondta, és lemondóan csapott a kezével.

- Megbocsátottak! Hát még is megbocsátottak!- és a nővérnek határozottan olyan érzése támadt, mintha ennek az utóbbi ténynek jobban örülne, mint a derengő látásának.

És ebben nem tévedett.

- Elmondom a doktor úrnak. – és kirohant a kórteremből.

Kárlosz, úgy nézegetett körbe, mint ha most látna először egy kórház kórtermét. Soha így még nem örült semminek. Sőt, évtizedek óta mosolyogni sem tudott már. És most annyira biztos volt abban, hogy így üzennek a srácok a túlvilágról, hogy halála előtt visszanyerte a látását.

Semmi nem volt ennél fontosabb. Már a halál gondolatával is megbarátkozott régen, már akarta is, hogy eljöjjön érte. És most itt a pillanat, amit évek óta várt! Rendületlenül hitte, hogy itt az idő, hogy végre felkészülten távozhat ebből a fájdalmakkal teli árnyékvilágból.

Ekkor tért vissza a nővér a doktorral.

-Úgy hallom visszatért a látása.- mondta- Igaz, hogy húsz éve vak?

- Igen doktor úr. Már húsz éve.- felelt csendesen

- De hisz ez csodálatos ugye?- kérdezte a nővér

- A csoda az, hogy megbocsátottak a srácok- válaszolt Kárlosz.

- Milyen srácok? És miért kellett megbocsátaniuk?- kérdezett most a doki.

-A Pálvölgyi Richárd, a Solti Ferenc, a Kerekes Ági, a Fehér Kriszta, és a Török Mariann. Ők voltak az én legjobb barátaim. De én megöltem őket. - mondta alig hallhatóan az.

Ezek ketten megdöbbenve, kikerekedett szemmel, érthetetlenül néztek rá. Végül a doktor ocsúdott fel az ámulatból.

- Mi az, hogy megölte őket? Hogy érti ezt?- kérdezte sürgetően.

- Nagyon szerettem a barátaimat. A Ricsit már óvodás korom óta ismerem. Szőke, kékszemű, jóvágású kisfiú volt már akkor is. És a lelke…hát elég az hozzá, hogy soha nem tudott nemet mondani. Nem lehetett nem szeretni. Emlékszem, már akkor úgy vették körül a lányok, mint a virágot a méhecskék. Hamar összehaverkodtunk, mivel haragudni nem lehetett rá, örök barátok lettünk. Ő soha nem csúfolódott, mint a többi gyerek. Valahogy egészen más volt. Inkább hasonlított egy angyalra, mint gyerekre. Tökéletes volt. Okos, szép, figyelmes, kedves. Minden meg volt benne, ami a lányok figyelmét felkeltette. Volt egy kis barátnője. Amikor már hatodik évesen az iskolába készülődtünk, akkor botlottak egymásba. Ő volt a Kerekes Ági. Kitartottak egymás mellett jóban, rosszban. Hatalmas, földöntúli szerelem volt az övék.

Soha, nem szerette még így egymást két ember, mint ők. És én széttéptem az álmaikat!- Kárlosznak erre elcsuklott a hangja, és könnybe lábadt a szeme.

- Mi történt aztán?- sürgette a nővér

De a férfi már nem válaszolt. Elfordította a fejét, és nem vett tudomást a kíváncsiskodókról. Az orvos végül kérte az ápolót, hogy hagyja békén a beteget, mert biztos nagyon elfáradt, majd tovább meséli, ha akarja.

Kárlosznak most megszűnt a külvilág. Az emlékek teljesen magukkal ragadták. Zokogni kezdett és sírt, míg végül elaludt.

Arra ébredt, hogy valaki gyengéden rázza a vállát.

- Károly bácsi! Egyen pár falatot! Már biztos éhes.- mondta az ápoló.

- Köszönöm, de cseppet sem vagyok éhes. Menjen, hagyjon magamra!- kérte

- Miért nem akarja, hogy itt maradjak? Szeretném, ha tovább mesélne az életéről.

- Nincs abban semmi érdekes. Amit tettem, megbocsáthatatlan! Soha, senkinek nem beszéltem még róla, és nem is fogok. Nincs mit dicsekedni!

- De engem nagyon érdekel. Biztos nagyon tanúságos.

- Talán később. Majd máskor. – mondta, és újra elfordította a fejét.

- Rendben. – és csapott a kezével lemondóan a nővér. – Tudja Károly bácsi, nekem van egy unokaöcsém, és nagyon félek. Félek, hogy elvész, hogy a barátai belerángatják valamibe. Valami rosszba. Ezt nem akarom! Ő egy nagyon jó gyerek, most tizenhat éves, de az utóbbi időben kicsit megváltozott. Az anyja, aki egyébként az én nagynéném, sajnos három éve meghalt rákban, és az apja újra nősült. Sajnos elég rosszul választott, ugyan is a Terka utálja az unokaöcsémet, a Gábort. Mostanában már rá sem lehet ismerni arra a jó kisfiúra, aki ezelőtt volt. Ezért szeretném, ha mesélne nekem, talán tanulhatnék valamit, talán még segíthetnék a Gáboron. Szegény nagynéném forog a sírjában, hogy az ő drága szófogadó, tüneményes fiából mi lett?! Ezért szépen kérem Károly bácsi, meséljen tovább. Talán ezzel segíthet megmenteni egy srácot a biztos elkallódástól.- kérlelte a nő

És ez az utolsó mondat volt az, amivel meggyőzte a férfit.

- Rendben. Mesélek tovább.- és folytatta történetét.

- A Ricsi egyszer még velem is majdnem összeverekedett az Ági miatt. Tizenhat évesek lehettünk. Már nem emlékszem tisztán, de valami olyasmit mondtam, hogy miért kell állandóan hoznia az Ágit magával minden bulira, miért nem teszi már egy kicsit a jégre. Na erre az én barátom úgy berágott, hogy azt hittem ott csap agyon!

A düh elöntötte az agyát, olyan vörös lett, mint a paprika, és akkorát ütött a karomra, hogy elzsibbadt. Soha nem láttam még ilyennek. De akkor, ott rájöttem, hogy ezt a két embert csak a halál választhatja el egymástól.- Kárlosz most kis szünetet tartott, majd így folytatta:

- Az Ági tényleg gyönyörű lány volt. Kék szemű, barna hosszú hajú, szép mosolyú, kedves, vidám teremtés. Soha nem felejtem el, Ricsivel már első osztályba egymás mellé ültek a padban, pedig én akartam a barátom mellé ülni. Persze mérges is voltam rájuk, sehogy sem értettem az egészet. Nem fogtam fel, miért fontosabb Ricsinek ez a kis vacak lány, mint én? Pedig mi régebbről ismerjük egymást. Aztán volt egy időszak, amikor csúfolták őket, mindenféle buta kis mondókákkal gúnyolódtak, de ők ketten ügyet sem vetettek rájuk. Köztük olyan kötelék volt, amit mind a mai napig meg nem érthetek.

Soha, még csak hasonlót sem éreztem senki iránt. Persze én is szerelmes voltam a magam módján, de az még csak nem is hasonlítható az ők szerelmükhöz. Mindenhova együtt jártak, és soha meg nem unták egymást. Amikor már hetedik, vagy nyolcadik osztályba jártunk, voltak, akik szét akarták őket választani. Ági sok fiúnak tetszett, és csípte a szemüket, hogy az, senkire rá sem néz, csak Ricsi létezik számára. Persze a Ricsi is tetszett jó néhány lánynak, még a másik osztályból is, és azok is meg akarták őt szerezni. Emlékszem egyszer az egyik úgynevezett klubdélutánon oda ment egy srác az Ágihoz, hogy felkérje táncolni. Egy pofátlan nagy képű, gazdag apuka elkényeztetett kicsi fiacskája. Mindenki utálta, mert akkora önbizalma volt, hogy nem fért el az osztályteremben. Voltak persze talpnyalói, de igazi barátja nem igazán akadt. Az Ági nem szívesen ugyan, de elment táncolni vele.

Aztán arra lettünk figyelmesek, hogy a srác, akit egyébként Gergőnek hívtak, megtántorodott, és kis híján majdnem elesett. Persze akkorára a Ricsi is előkerült, és miután Ági elmondta neki, hogy mi történt ő odaugrott, és hatalmasat rúgott a Gergő hátsójába.

Na annak sem kellett egyéb a csatlósaival, akik hárman voltak, rátámadtak a Ricsire. Persze én is odaugrottam, és próbáltam védeni a barátomat. Szerencsénkre a tanár is rövidesen megérkezett, és szét- választotta a kis csoportot. Mindannyian kaptunk egy-egy osztályfőnöki figyelmeztetőt. Végül is kiderült, hogy a Gergő le akarta csapni a Ricsi kezéről az Ágit, és miután a kis kísérlete kudarcba fulladt, elkezdte sértegetni a lányt. Ági pedig egy jól irányzott taslival válaszolt. Mivel ezt elég sokan láttuk, nagy derültség lett úrrá a termen. Apuka pici fia persze berágott, hogy rajta röhög az osztály, és ezt nem bírta elviselni az egója. Ez után az incidens után döntöttünk úgy, hogy tanulunk valamilyen önvédelmi sportot. Na ez viszont nem volt ilyen egyszerű. A barátom anyukája ugyan is meg volt győződve róla, hogy ha valaki nem kezdeményezi a verekedést, azt nem érheti semmi baj. Erre a Ricsi kitalálta, hogy kreáljunk valami jó kis sztorit, amivel meggyőzhetjük a Lili nénit az önvédelmi sport létfontosságáról.

Kérte, hogy másnap menjek át hozzájuk, és álljak elő a nagy világrengető, csöpögős, tragédiával, hogy elvertek bennünket, pedig mi nem is szóltunk a hét tagú társasághoz.

Mit ne mondjak, nem volt könnyű menet. A Lili néni hitte is, meg nem is. A képünkön látszottak a verekedés nyomai, de az ártatlanságunkról nem tudtuk meggyőzni.- Biztos vagyok benne, hogy nem vagytok földre szállt angyalok.- nevetett. – De tetszik látni, hogy megvertek- méltatlankodtam. – Hát persze Kárloszom. Tudod, a gyermek megmondja, hogy kikapott, csak azt nem, hogy miért. Azt hiszem nálatok is ez a helyzet.

Tehát nem tudtuk meggyőzni, kár volt minden szóért. Legalább is akkor még nem. Talán ha az Ági is erősített volna bennünket. De ő egy szót sem szólt. Már előzőleg is mondta, hogy ő bizony nem fog hazudni. Ott ültünk a nappali közepén, már nem volt egyetlen érvünk sem. A csendet Lili néni törte meg: - Na miután ezt ilyen szépen megbeszéltük, tünés a szobába! Sütök egy kis gyors piskótát, majd az helyre billenti a lelki világotokat. Na spuri!

Mit tehettünk volna felmentünk a Ricsi szobájába.

Gyönyörű villájuk volt, mindig is irigyeltem érte. A mi egyszerű házunk viskónak tűnt hozzá képest. Persze megengedhették maguknak a luxust, hisz az apja Lóránd bácsi politikai pályán tevékenykedett, Lili néni pedig, az egyik bankban volt ügyvezető igazgató. Mindenük meg volt, amiről más csak álmodhatott. Már abban az időben akkora tévé állt a nappalijukban, hogy mikor megláttam, majdnem kiestem a számon az ámulattól. Ilyet, még filmeken is alig lehetett látni. Tele volt a helység szebbnél szebb virágokkal, és olyan csodaszép világos bútorral rendezték be, hogy alig mertem a kanapéra leülni, nehogy összekoszoljam. A csillár pedig, csupa kristályos ragyogás volt. Gyönyörű perzsaszőnyeg, hogy csak úgy süppedt bele a lábunk, még az alvás is élmény lett volna rajta. Az amerikai konyha egy kis méteres magasságú fallal volt leválasztva, amely olyan gépekkel volt tele, hogy azt sem tudtam, mi mire való. A sötételőfüggöny távirányítóval működött, és a különböző hi-fi berendezések távkapcsolója is ott sorakozott az üveglapos dohányzóasztalon. A földszinten volt még egy fürdőszoba, mondanom sem kell fehér márványból, és egy külön wc.

Még azon is huzat volt, azt sem tudtam, hogy intézzem a dolgom bele, a lehúzóját sem találtam, amíg Ricsi meg nem mutatta. Persze amikor először jártam náluk, voltam vagy hét – nyolc éves, azt hittem csak álmodom. Csoda, hogy nem kötötték fel az állam, annyira csodálkoztam. A nappaliból vezetett egy lépcső felfelé. Az emeleten volt három szoba, és ott is egy fürdőszoba, de ez fekete márványból. Az egyik szoba a Ricsié volt, a másik a szülei hálószobája, a harmadik pedig, az úgynevezett dolgozószoba. Oda nem nagyon mehettünk be, mert az a Lóránd bácsi birodalma volt. Csak egyszer kukkantottunk be, miután nem bírván a kíváncsiságommal, megkértem a barátomat, hogy lessünk be oda. Na az sem volt ám piskóta! A földtől a plafonig körbe- körbe könyvespolc, tele könyvekkel. Legalább húsz négyzetméteren! Középen egy íróasztal, azon pedig, valami gép. Most már tudom, a számítógép első nagy testvére lehetett. Egy telefon, meg rengeteg papír, még a földön is. De a Ricsi szobája volt nekem az álmaim netovábbja. Kis korunkban a játékok, aztán a különféle kütyük miatt. A villanyvasúttól kezdve a beszélő robotokig mindene meg volt. Az volt maga a gyermek paradicsom. Hú de szerettem hozzájuk menni! A Ricsit mindig irigyeltem. Mindenben sikeres volt, bár mihez fogott hozzá. Támogatták a szülei, és mindent megkapott, amit csak kiejtett a száján. Még azért is irigyeltem, hogy ritkán látja az apját. Nekem ugyan is egy iszonyú szigorú apám volt, aki még akkor is elvert a nadrágszíjjal, ha rosszra gondoltam. Azt vallotta, hogy gyereket csak szigorral lehet nevelni. Ehhez képest Ricsi, soha életében nem kapott még egy pofont sem. De mindezek ellenére, a legjobb haverok voltunk. Soha nem ismertem hasonló jó lelkű embert. Na miután felmentünk a szobájába, jól kibeszélni a Lili nénit, amiért nem engedi a Ricsit, önvédelmi sportot űzni, végre megtudtuk miért is félti az anyja őt ennyire. Berzenkedtem, hogy kislányként kezeli, erre ő elmondta, hogy volt neki egy bátyja, és egy nővére is, de egyikük sem élte meg az egy évet, mivel valamilyen genetikai betegség miatt meghaltak. Így már érthető volt az aggodalma, amivel egyetlen, rég várt fiát körbevette. Miután megsült a piskóta, a Lili néni felkiabált nekünk, hogy fáradjunk az asztalhoz. Az evőeszközről és a tányérról gondolom, már nem kell beszélnem. Azt gondoltam, hogy amiből én eszek otthon, valószínűleg még a kutyájuk is hányingert kapna. Egyszerűen utáltam a szüleimet, hogy ők miért nem tudták megteremteni azt a sok jót, amiben a barátomnak része volt. Legszívesebben soha nem mentem volna haza. Aztán a Ricsi kikísért, mert már kezdett sötétedni, és apám mindig azt mondta, hogy egy kölyök ne csavarogjon sötétedés után az utcán. Persze, mire haza értem besötétedett. Na amit kaptam, nem tettem ki az ablakba. Annyira utáltam az apámat, hogy felfogadtam, jelentkezek az önvédelmi sportra, és úgy elverem, hogy az intenzív osztályon köt ki. És azt is felfogadtam, hogy mihelyt betöltöm a tizennyolcat, azonnal elhagyom a szülői házat, hogy még csak vissza sem nézek. Anyám sem érdekel, ő sem tud megvédeni. Bár egyszer mikor egy ilyen verés után éjszaka felkeltem, hogy kimenjek a dolgom intézni, iszonyú kiabálásra lettem figyelmes. Apám hangját hallottam, amint azt ordítja, hogy: - Na ezt most hagyd abba, amíg szépen mondom, mert itt hagylak benneteket a büdös francba, és úgy neveled a kölyköd, ahogy akarod!

Ezután síri csend lett, csak anyám szipogását hallottam.

Másnap rákérdeztem, mert nem hagyott nyugodni a dolog, hogy miért mondta azt az apám, hogy „úgy neveled a kölyköd, ahogy akarod!" Anyám szabadkozott és látszólag nagyon zavarba is jött, próbálta elterelni a figyelmemet, hogy:- tudod fiam, hogy ezzel a csípőficamommal nem tudok dolgozni, apád tart el bennünket- de éreztem, hogy itt valami nagy-nagy titok lapul még. És jól hittem.

Ne haragudjon nővér, most nagyon elfáradtam, a szám is kiszáradt, majd folytatom, de most pihennem kell.- mondta Kárlosz bágyadt hangon.

- Persze Károly bácsi. Természetesen. A héten ezen az osztályon vagyok gyakorlaton, holnap is jövök, amikor csak tudok! Egyébként szólítson Eta nővérnek!

- Rendben Eta nővér. Menjen csak, majd holnap folytatjuk. Jó éjszakát!

- Jó éjszakát!- mondta csendesen, megitatta és betakarta a férfit.

Kárlosznak húsz év óta először, nem voltak rémálmai. Álmában egy csodaszép, virágokkal teli réten járt, gyönyörű napsütésben, a felhőtlen kék ég alatt. Pillangók játszottak pajkosan, kergetőzve, és a madarak pompázatos éneke járta át a lelkének minden egyes zugát. Szinte repült a boldogságtól. Egyszer a távolban feltűnt hat emberi alak. Amint közelebb értek, akkor döbbent meg az ámulattól. Nem mások voltak ők, mint a Pálvölgyi Ricsi, a Kerekes Ági, a Solti Feri, a Fehér Kriszta, a Török Mariann, és ő maga! Ott voltak együtt, mind a hatan, mint a régi szép időkben. Ő kicsit távolabb állt a többiektől, akik felé nyújtották a kezüket.

Ebben a pillanatban Kárlosz felébredt.

- Mi szépet álmodott Károly bácsi? Még mosolygott is magában. –faggatta Eta nővér.

- Csodálatos álmom volt! Azt álmodtam, hogy a barátaim egy gyönyörű réten már várnak rám! Azt hiszem, nem sokáig váratom már őket.-

de ettől nem lett szomorú, sőt mintha még örülne is ennek.

- Hoztam egy kis banánt, ezt egye meg!
- Nem kell nekem már semmi, kedves nővérke.
- De igen, mert nem lesz ereje, tovább mesélni nekem.
- Nem is olyan önző maga kedves. – mosolyodott el a férfi

-Mindjárt lemosdatom, de közbe ugye tovább mesél? Mi volt az a nagy titok az apjával kapcsolatban?- kérdezte, és fürge mozdulatokkal elkezdte a lemosást.

- Na igen. A nagy titok. Tudja Eta nővér, világ életemben úgy tudtam, hogy az apám, az az apám. Tizenhat voltam, amikor kiderült, hogy nem is az. Az édesapámat sajnos nem ismerhettem, mivel édesanyámat el sem vette feleségül, mert szégyellte, hogy az sántított a csípőficam miatt.

Hát ezért ütött állandóan, mert én csak egy szálka voltam az ő szemében. Anyám megesketett mindenre, ami szent, hogy soha nem fogom őt elárulni, egyetlen nézésemmel, szavammal, tettemmel sem. Nem volt könnyű, néha szerettem volna az arcába ordítani egy-egy verés után., hogy azt üsse, akit csinált, de olyankor mindig eszembe jutott az eskü, amit anyámnak tettem, és lenyeltem a mérgemet.

Soha nem tudta meg, hogy tudom a titkukat. Még a halálos ágyán sem mondtam el, pedig nagyon nyomta a begyemet, mivel később anyámat is ütni kezdte, miután én nagykorú lettem, magasabb, mint ő, és sokat eljártam már otthonról. Anyám soha nem panaszkodott. Eleinte még elhittem, hogy elesett, mikor éjszaka hazamentem, és láttam a kék, zöld foltokat, de egyre gyanúsabb lett a dolog, amikor a szeme alatt is kék folt éktelenkedett. De ez egy másik történet. Szóval a Ricsit sehogyan sem akarta a Lili néni engedni a karate edzésekre. És ebben az elhatározásában kitartott a gimnázium második osztályáig. Ekkor történt az, hogy az Ágit megerőszakolta két suhanc, semmire való kölyök. Sajnos a Ricsi lázas beteg volt, ezért nem volt azon a héten suliban. Az Ági, még iskola után balettra járt, és mivel novembert írtunk, este hét húszkor, mikor végzett, sajnos már sötét volt. Ezt használták ki ezek az átkozottak! Kilesték, és egy sötét utcaszakaszon letámadták. Szegény teljesen kiborult, de a szüleinek nem mert szólni, mert félt, hogy ezek után sehova nem mehet majd felügyelet nélkül. A Ricsinek viszont elmondta. Ő pedig másnap mit sem törődve a lázzal, összeverbuvált néhány erősebb fiút, és megvárták az erőszakolókat. Mivel Ági ismerte őket, nem volt nehéz dolguk. Csak arra nem számítottak, hogy hiába volt a túlerő, miután megvillantak a kések, mindenkinek inába szállt a bátorsága, és hanyatt- homlok menekültek, mint a mérgezett egerek. Már a pénz sem számított, amit a Ricsi helyezett kilátásba, ha elverik a mocskokat. A végén ketten maradtunk. Ekkor szerzett a haverom egy tíz centi hosszú, fél centi mély sérülést a vállán. Nekem a tarkóm sebesítették meg, de az én sebem nem volt mély. Inkább csak karcolás. Rögtön haza rohantunk a Ricsiékhez. Amikor meglátta az anyja, hogy mi történt, teljesen elsápadt. Már nem tudom, hány öltéssel varrták össze a sebet, de miután elmúlt az ijedtség Összeöltött Ricsinek neveztem el.

Na ez a verekedés kellett ahhoz, hogy a Lili néni végre belássa, hogy az önvédelem nagyon is fontos. Persze azt elfelejtettük elárulni, hogy tulajdon képen mi akartuk megverni a kölyköket, de ez az ügy szempontjából lényegtelen volt.- Eta nővér kész lett a mosdatással.

- Na Károly bácsi, most pedig megeszi a banánt!- mondta ellentmondást nem tűrő hangon.

- Látom, magával nem lehet ellenkezni.- felet a férfi megadva magát.

- Örülök, hogy rájött- kuncogott Eta nővér

Miután megevett egy fél banánt, eltolta a nővér kezét.

- Nem birok többet enni. –szólt

- Rendben van.- mondta a nő, és szájához tartotta a teás poharat.

- Akkor igyon egy kicsit!

Kárlosz ivott két- három korty teát, és finoman lassan elhúzta a száját a pohártól.

- Így kezdtünk el karatézni.

- És volt rá pénze? Csak azért kérdezem, mert mondta, hogy szinte viskóban laktak- kotyogott bele a nővér.

- Azért nem voltunk mi szegények, a nevelőapám ugyan is ügyes kezű kőműves mester volt, tehát amire kellett, arra volt pénz, szegény anyám csak kisírta valahogy. Persze engem ez a része érdekelt a legkevésbé. Nos ahogy mondtam is, ekkor voltunk másodikos gimnazisták. És ekkor történt velem a csoda. A második edzésre mentünk, amikor egy gyönyörű lányra lettem figyelmes. Barna szemei, mint valami két gomb tündököltek a formás kis pofiján. Két copfba volt a gyönyörű barna haja, és csak úgy libbent minden egyes mozdulatára. És micsoda alakja volt! Még most is beleremegek. Maga volt a csoda. Egy istennő. Azt hiszem, akkor beleszerettem. Oda is mentem hozzá, vesztemre épp háttal állt már nekem, így nem látta, hogy közeledek. Amikor megfogtam a vállát, hogy magam felé fordítsam, hát akkorát rúgott belém, hogy azt hittem menten a temetőbe visznek. Persze összeroskadtam a fájdalomtól. Ő lehajolt, és csak annyit mondott, „ bocs „ aztán felállt, és felém nyújtotta a kezét.

Hát így kezdődött a mi nagy szerelmünk. Persze nehogy azt higgye, hogy zökkenőmentes volt. Aznap haza kísértem, de még azt sem engedte, hogy megfogjam a kezét. Annyit árult el magáról, hogy még csak tizennégy éves, és nem akar járni senkivel. Jövőre gimnáziumban folytatja a tanulmányait, és most a tanulás mindennél fontosabb. Alig ért a vállamig, körülbelül 160 cm lehetett, és ember nincs, aki kinézte volna belőle, hogy ilyen kis törékeny létére, ilyen jól meg tudja védeni magát. A kapujukhoz érve gyorsan kinyitotta azt, és mire felocsúdtam, már be is zárta belülről. Alig vártam a következő edzést, hogy végre láthassam. Akkor is elmentem volna, ha előre tudom, mi vár ott rám. Mert most jött csak a meglepetés. Amikor megláttam rögtön odarohantam hozzá, hogy üdvözölhessem. Már épp arcon akartam csókolni, amikor egy erős, csontos kezet éreztem a vállamon, majd mennydörgő hangon valaki ennyit mondott:- Na húzzál el kis csikó, amíg papírrepülőt nem hajtogatok belőled!- azzal megfogta a hátamon a pólót, és úgy megpenderített, hogy körülbelül négy méterrel odébb landoltam. Mindenki röhögött, ahogy a száján kifért. Úgy szégyenkeztem, hogy legszívesebben a föld alá bújtam volna. Gyorsan összeszedtem magam, és megpróbáltam elkeveredni, hogy végre abbahagyják már azt az idétlen röhögésüket. Aztán bejött az edző, és abban a pillanatban síri csend lett. Mindennél jobban vártam az edzés végét, mert egy az, hogy fájt az ülőgumóm, mivel arra estem, a másik, hogy alig vártam, hogy tisztázódjon ez a helyzet. Tudni akartam, hogy ki a csoda ez a fickó, aki jogot formál arra, hogy engem eltérítsen az én istennőmtől.

Persze abban biztos voltam, hogy akárki is ez a nagy melák, a célját nem fogja elérni! Az apám sem ér célt a veréssel. Sőt. Minél többször megvert, annál inkább érlelődött fejemben a gondolat, hogy a nagykorúságom első napján lábtörlőt készítek belőle.

Na szóval, végre befejeződött az edzés, és az öltöző felé tartva megvártam, amíg a melák bemegy a fiúöltözőbe, aztán odasomfordáltam a lányöltözőhöz, és nem tágítottam. Csillogó szemmel és dobogó szívvel vártam az én drága Mariannámat. Amikor végre megjelent azonnal elérohantam, és megkérdeztem tőle, hogy ki ez a testőr, aki a közelébe sem enged. – Hát a bátyám, te buta. A Géza.– mondta a kedves mosolya kíséretében, hogy csak úgy olvadoztam tőle.

- Akkor légy szíves megmondani neki, hogy szükségtelen kinyírnia, mert nem tud levakarni, ha ronggyá ver, akkor sem! – és olyan határozott voltam, hogy még magam is elámultam.

- Mondd meg te! Ott jön. – szólt, és halvány mosoly bujkált a szája szögletében.

Ahogy hátra néztem tényleg ott tornyosult vagy két méterre tőlem. Mit ne mondjak, akkor már nem voltam olyan átkozottul határozott, sőt, mintha a lábamból kiment volna az erő. De az eszem meggyőzött, hogy lesz, ami lesz, ha Bécsig kell repülnöm is az ütésétől, akkor is kitartok az elhatározásom mellett, és megkapom ezt a lányt! Ott álltam, és talán még a hajam szála is reszketett. Röhejesen nézhettem ki. Ahogy mellém ért, szinte eltakart, pedig én sem voltam valami cső tengeri termet a magam 180 centijével. Tehát vártam a gunyoros megjegyzést, vagy a hatalmas taslit, de semmi. Aztán egy perc után, egetverő hahotába kezdett. Nem tudtam, mi olyan vicces, de olyan jó ízűen nevetett, hogy átragadt ránk is. Már a hármunk nevetésétől visszhangzott a suli. Miután kimulatta magát, végre megszólalt.

- Úgy látom kis csikó, hogy nem rázott meg a repülés! Keményfából faragtak.- és elismerően bólogatott. – De mindezektől függetlenül, ha egy ujjal is hozzányúlsz a húgomhoz, földkörüli röppályára állítalak, ez nem vicc!- és hogy nyomatékot adjon szavainak úgy hátba vágott, hogy a tüdőm majdnem leszakadt.

- Nem akarom én bántani a húgodat, csak tetszik, és szeretnék barátkozni vele.- szepegtem

- Na ennél többre még álmodba se merj gondolni! Világos?

- Hát persze.- válaszoltam, és abban a pillanatban tényleg így gondoltam én is.

Eta nővér most elfáradtam, majd később folytatjuk. –mondta Kárlosz, és nagyot nyelt. A nővér megitatta, majd végig simított az arcán.

- Jól van Károly bácsi pihenjen csak.- ezzel ott hagyta a férfit.

Az pedig, abban a pillanatban elaludt.

A nővér kiment a kórteremből, és elindult az orvosi szoba felé. Félúton találkozott a Pataki doktorral.

- Jaj doktor úr! De jó, hogy látom. A Szalay Károly bácsiról szeretnék önnel beszélni.

- Mi a probléma?- kérdezte az. – De siessen, épp egy műtétre rohanok. - tette hozzá, gyorsan.

- Arról van szó, hogy nem tudom mire vélni a viselkedését, mivel a doktor úr szerint haldoklik, erre ő, már elmesélte a fél életét.

- Ez abból adódik, hogy most minden erejét összeszedve próbálja elmesélni mind azt, ami számára fontos lehet. De az is megfigyelhető a halálos betegeknél, hogy a halál beállta előtt, bizonyos időre visszanyerik vitalitásukat. Sőt megfigyeltek már olyan esetet is, hogy addig nem bírt meghalni a beteg, amíg egy fontos szerepet betöltő személy meg nem látogatja. De ez utóbbi csak szóbeszéd.- felelte az orvos

- Pedig én azt hittem, hogy talán…hogy esetleg…

- Nem nővér, semmi esélye arra, hogy életben maradjon! De most már mennem kell.- és szó nélkül elrohant a műtő irányába.

Eta nővért végtelen szomorúság fogta el. Hát persze, sokat kell még tanulnia, hiszen az iskolát még most kezdte el, nagyon keveset tud. De ezt az embert megszerette nagyon. Olyan aranyos, kedves emberke, miért kell neki meghalni, amikor még nem is öreg?

Csak ugyan. Hány éves lehet? Elindult, hogy a nővér szobában utána nézzen a dokumentációjának. Amint odaért egy középkorú, szép nő állította meg.

- Elnézést!- mondta.- Itt kezelik Szalay Károlyt?

- Igen. De önben kit tisztelhetek?- kérdezte a nővér

- Én a Török Fruzsina vagyok.

- Csak nem a Török Mariann rokona?- visította a nővér

- De igen. A húga.

- Te jó isten! Annak a húga, akivel a Károly bácsi járt?

- Pontosan. – felelt egyszerűen.- Bemehetnék hozzá?

A nővér most minden tapasztalatát összeszedte ahhoz, hogy miként távolítsa el a nőt, hisz a Károly bácsi szavaival élve, megölte őket. Ez a nő, most biztos nem a barátságát akarja neki felajánlani.

- Sajnálom hölgyem, de csak közeli hozzátartozók látogathatják, és egyébként is pihen. – már amikor kimondta akkor tudta, nem volt valami meggyőző. Sajnos nem tévedett.

- Nézze nővér! A látogató bármilyen minőségben van is, akármikor bejöhet vizitre. Mivel nem telefonon érdeklődöm, ezért ilyen kivételt nem tehet! Most pedig, mutassa meg, hol fekszik! – mondta határozottan az.

A nővérnek semmi épkézláb gondolat nem jutott eszébe, ami miatt kint tarthatná ezt a csöppet sem kedves nőt. Kénytelen kelletlen egy csiga lassúságával, körbe- körbe nézegetve, mintha onnan várna segítséget, elindult a kórterem felé.

- Itt fekszik. – mondta, mikor odaértek.

A nő meg sem köszönte, úgy rontott a helységbe.

Egy ideig csak állt az ágya szélénél, egy szót sem szólva, csak nézte a férfit. Ekkor az, mintha megérezte volna, hogy valaki áll az ágya mellett, kinyitotta a szemét. Eta nővér ott szöszmötölt a közelben, gondolta, innen könnyen tud segíteni. Végre megszólalt a nő.

- Megismersz?

- Igen. – suttogta Kárlosz

- Látom ott vagy, ahol lenned kell! Kár, hogy nem korábban történt ez a baleseted. Egyébként honnan ismertél meg? Vak vagy nem?- ámuldozott Fruzsina.

- Ezáltal a baleset által nyertem vissza a látásomat. Talán ez a jel, hogy megbocsátottak a srácok.

- Az lehet, hogy ők megbocsátottak, de én legfeljebb a halálos ágyadon fogok!- sziszegte indulatosan.

- Minden okod meg van, hogy gyűlölj. És édesanyád haragját is megértem, teljesen egyet értek vele. Az átok is megfogott, amit akkor a srácok temetésén a sírnál mondott. Tisztán emlékszem, azt üvöltötte, hogy „a veszett kutya legyen társad a bajban!" Nem is volt azóta senkim a világon, soha nem is akartam ismerkedni. Saját magam ítéltem magányra.

- Ugye most nem azt várod, hogy megsajnáljalak?- kérdezte gúnnyal a hangjában.

- Szó sincs róla. Csak azért mondtam el, mert az életem, azóta maga a pokol. Hidd el, jobb lett volna, ha akkor én is meghalok, a többiekkel együtt.

- Szerintem is!

- Honnan tudtad meg, hogy itt vagyok?

- A kis boltban beszélték, hogy a vak embert elütötte egy kamion. – és mintha kicsit enyhült volna a haragja.

- Akkor gondolom, most elégedett vagy.

- Még nem. – vágta rá azonnal, és ismét a dühtől remegett a hangja. - Amit tettél, az megbocsáthatatlan, és ha ebben a pillanatban halnál meg, akkor is túl sokat éltél! – üvöltötte magából kikelve.

- Erre már tényleg nem kell sokat várnia.- ugrott oda a nővér, és elég csúnyán nézhetett a nőre, mert az, hátrált egy lépést.

- Ez igaz? – kérdezte csendesebben.

- Igen. – mondta Kárlosz halkan.

Ekkor Fruzsina szó nélkül elhagyta a kórtermet.

- Mindig is szerelmes volt belém. – jegyezte meg viccesen Kárlosz, miközben rákacsintott a nővérre.

- Azon nem csodálkozok.- kottyantotta el magát a nő, és ebben a pillanatban totálisan elvörösödött.

Kárlosz nem jött zavarba, alig észrevehetően elmosolyodott.

A nő, hogy zavarát leplezze, gyorsan témát váltott.

- Mi jogon jött ide ez a nő vádaskodni? Megszenvedte már a magáét!

- Amit kaptam a sorstól, azt megérdemeltem. –felelt határozottan az.

- Akkor pihenjen csak! – szólt csendesen a nővér.

- Nem, azt hiszem ez a kis incidens most helyre rázott picit. Hol is tartottam?

- Akkor elkezdtek járni a Mariannal.

- Igen. Bár a bátyja nézését mindig a hátamon éreztem, de bármit megért, hogy vele lehessek. Aztán eljött az idő, amikor végre gimnazista lett. Teljesen oda voltam érte, de ő még akkor is csak tizenöt éves volt, én pedig, tizenhét. Nem akartam, és nem is bírtam várni rá. Sajnos hajtott a vérem. Meghívást kaptunk egy házibuliba. A Ricsi unokatestvére invitált, a huszadik születésnapját ünnepelte.

Persze, Mariann nem jöhetett, így egyedül mentem. Természetesen a Ricsi a barátnőjével, Ágival jött. Most is, mint mindig, majd szétvetett az irigység. Ők már biztos voltak együtt, gondoltam. És az Ágit, már feltételek nélkül elengedik a Ricsivel, nem úgy, mint a Mariannt velem. Azt hiszem, kicsit többet ittam a kelleténél. Táncoltam, hol ezzel, hol azzal. Aztán már csak arra eszméltem, hogy egy szőke lány fekszik mellettem. Azt sem tudtam hirtelen, hol vagyok, és ki az a lány? És mi történhetett? Persze, elég félre érthetetlen volt a dolog, mivel sok ruha nem volt rajtunk. Hát, nem így képzeltem az első, nővel töltött éjszakámat. Másnapos, csalódott, és végtelenül szomorú voltam. Eszembe jutott Mariann, aki megbízott bennem, és én az első adandó alkalommal egy másik lány karjaiban kötöttem ki. Leköptem volna magam legszívesebben. Ekkor megszólalt a telefonom. A szívem is megállt, amikor a kijelzőn megpillantottam a kedvesem nevét. Nem tudtam, mit tegyek, hisz ha nem veszem fel, azért leszek gyanús, ha pedig felveszem, meg van a veszélye, hogy valamit megsejt a hangomból. Végül úgy döntöttem, hogy inkább beszélek vele. A lány közben felébredt. A szám elé raktam az ujjam, hogy most ne szólaljon meg. Hiba volt. Amint beleszóltam a telefonba, hogy „szia kicsim" a nő elkezdett visítani, hogy „mi van káposztafej, csak nem szégyellsz engem?" Hát, ennyi elég is volt. Hiába próbáltam újra, és újra hívni, hiába küldtem üzenetet, füle botját sem mozgatta. Persze, megérdemeltem, mert egy gerinctelen szintjén cselekedtem. Fél évig nem szólt hozzám. Már-már feladtam a harcot, de akkor ő, végre megbocsátott. Egyébként ebben az ominózus buliban ismertem meg a másik legjobb haveromat is. Arra még határozottan emlékeztem, amikor a Ricsi bemutatott az unokabátyjának. – Solti Ferenc- mondta, és már szaladt is, mert egy másik rokona is belépett a házba, és odament üdvözölni. A Feri a maga húsz évével a háta mögött, nagyon jó fejnek tetszett, elég rendesen elbeszélgettünk. Imádta a ketyeréket, ezért jelentkezett a műszaki főiskolára. Vele volt a barátnője is, aki később csatlakozott hozzánk. Meglepődtem, amikor úgy beszélt az elektromosságról, mintha a sminkelésről tartott volna kiselőadást. Őt egyébként Fehér Krisztának hívtak.

Kárlosz felszisszent a fájdalomtól.

- Mi a baj Károly bácsi?- kérdezte a nő aggódva

- Csak a fejem akar szétlökődni. – sziszegte a fájdalomtól.

- Hozok fájdalomcsillapítót.- azzal elrohant, de nem telt bele egy perc, már ott is volt ismét.

- Tessék, vegye be. Itt a tea is.- mondta.

Kárlosz megköszönte, majd lenyelte a gyógyszert.

- Tudja Eta nővér, ha nem ígértem volna meg magának, hogy elmesélem a nyomorúságos életemet, akkor ezeket a bogyókat sem enném már meg.

A nővér kimondhatatlanul sajnálta, hogy így kell egy embernek meghalnia. Se kutyája, se macskája. Saját magát ítélte magányra. Pedig biztos talált volna magának társat, hisz még most is nagyon sármos, jóképű férfi.

- Károly bácsi! Megkérdezhetem hány éves?

- 39. És szeretném megkérni, hogy ezentúl ne Károly bácsizzon. Nagyon zavar.

- Akkor még fiatal! - kiáltott fel az ápoló a meglepetéstől. Ámbár nem is néz ki többnek, csak ez a fehér ágy, ez a nagy tapasz a fején, és a beesett szemei hazudtolják a korát. De kár érte!- gondolta a nő.

- És ön hány éves, ha megkérdezhetem?

- 18 múltam. – a férfi, csak mosolygott.

- Hagyom pihenni Károly.- és elindult az ajtó felé.

- Ne menjen, félek már nem sok időm maradt!- sóhajtotta a férfi.

- A Feri, és a Kriszta, akit csak Krisznek becézett, tökéletes párt alkottak. A gimnázium óta ismerték egymást, és a főiskola után akartak összeházasodni. A buli után, minden hétvégén összejöttünk a Feriéknél kártyázni, zenét hallgatni, dominózni, vagy csak egyszerűen dumálni. Mit ne mondjak, anyagilag ők is jól el voltak eresztve. A Ferinek volt egy Mazdája, amit nagyon féltett. Nem is engedte senkinek, hogy vezesse, pedig mindannyiunknak volt jogosítványa, csak a Kriszta ülhetett a volán mögé. Egyébként a Ricsinek is volt autója, de többet állt a garázsban, mint amennyit mentek vele. Az édesanyja túlságosan féltette. Persze, így utólag már tudom, hogy igaza volt.

Kárlosznak ismét elhomályosodott a szeme. Megtörölte a papír- zsebkendőbe, majd így folytatta.

- A lakásuk hasonló képen volt felszerelve, mint a Ricsiéké. A luxus itt sem hiányzott. Szerettem ezeket a hétvégeket, mert olyan felszabadultak voltunk, olyan szabadok, mindentől függetlenek. Csak a Mariannt hiányoltam, és ezerszer elátkoztam magam, amiért félreléptem. Amikor a szerelmi életemről esett szó, a Ricsi röhögve mondta, hogy nincs miről beszélni, mivel azt már jól elszúrtam. A Feri akkor tudta meg, hogy elmentem egy ledér lánnyal az ő bulijáról. Erre azt mondta nekem, nagy vigyorogva, hogy na ezt ő sem bocsátja meg soha, hogy az ő születésnapi bulijáról elhúztam a csíkot. Ráadásul egy ilyen nővel. Akkor derült ki az is, hogy a hölgyemény arra specializálta magát, hogy párokat válasszon szét.

Nem mondhatom, hogy ettől sokkal jobban éreztem volna magam, de csakis magamnak köszönhettem hogy szakított velem a Mariann.

Aztán egy szép napon miután már legalább ezerszer kértem csodálatom tárgyától bocsánatot, én lepődtem meg a legjobban, amikor így felelt „azt hiszem, már megbűnhődtél a szemétségedért, de ha még egyszer ilyet csinálsz, jól jegyezd meg, a bátyámmal röppályára állíttatlak!" és elmosolyodott. A világ legboldogabb embere voltam akkor. Megfogadtam, hogy még csak rá sem nézek más nőre. Egy hónap múlva megtörtént a csoda. Edzés után azzal állt elő, hogy a szülei elutaztak, a bátyja pedig csajozik, mivel azt hiszi, hogy még mindig haragban vagyunk. A húgát elvitték magukkal, tehát üres a ház. A szívem majd kiugrott a helyéből. Az egész világot szerettem volna átölelni. Olyan boldog voltam, mint még soha.

Csodálatos volt vele. Annyira akartam, hogy majdnem el is szúrtam, de szerencsére végül is mind ketten jól éreztük magunkat.

Arra gondoltam, hogy mi lenne, ha most betoppanna a bátyja. Hangosan felnevettem, mert lelki szemeim előtt láttam, amint a világűrben röpködök. A nevetésem okát megkérdezte a kedvesem is, aztán együtt nevettünk. Egyszer kutya vinnyogásra lettünk figyelmesek. Kinéztem az ablakon, ami a kapura nézett, és megállt bennem az ütő. A bátyja jött haza. Azt sem tudtam, hogy öltözzek fel. A nevetés, majdnem a sírásba fulladt. Aztán hallottuk, amint jön a lépcsőn felfelé. Már nem volt idő elbújni, fogtam magam, és kiugrottam az ablakon. Ami ezután jött, nem irigylésre méltó. Sajnos olyan rosszul estem, hogy a bokám kiment a helyéből. Azt hittem szörnyet halok a fájdalomtól, de gondoltam, ha ezt megúsztam ennyivel, az ordítással magamra vonom a Géza figyelmét, akkor már nem menekülhetek a halál torkából.

Iszonyatos kínok között haza vonszoltam magam. Bár ne tettem volna. Otthon az apám várt. Mikor meglátta, hogy a bokám a megszokottnál kétszer nagyobb, megkérdezte mi az ördögöt csináltam. Persze, hogy nem mondtam el neki az igazat, szíjat hasított volna a hátamból, aztán a Géza kezére adott volna. Hazudtam, hogy edzés közben ficamodott ki a bokám, erre olyan taslit kaptam, hogy az agyam majd kiugrott a helyéből.

- De miért?- kotyogott bele Eta nővér

- Azért, mert apám minden volt, de hülye nem. Ezzel a hazugságommal nem tudtam megetetni. Másnap anyám közölte, hogy ha nem bírok magammal, nem lesz jó vége. Hogy mi az a nem jó vég, csak annyit mondott, hogy készüljek egy bentlakásos iskolába. Gondoltam, hogy ennél jobb hírt nem is tudott volna közölni. Akkor pláne nem fogok megjavulni. Két napig borogattam ecetes vízzel, mire lábra tudtam állni. Addig semmit nem tudtam a szerelmemről. Majdnem beledöglöttem a bánatba. Annyira vágytam már látni, megérinteni, megcsókolni.

Aztán végre mikor már lábra álltam, rohantam a gimibe, hogy végre találkozzunk. A szívem majd kiugrott a helyéből. Amikor megpillantottam, egyszerűen nem tudtam már másra koncentrálni. Odamentem hozzá, mire megkérdezte: hol a pokolba voltál? Elmondtam neki a bokaficamot, és ahelyett, hogy sajnált volna, jól kinevetett. Az a kacagás. Teljesen megőrjített vele. Legszívesebben felkaptam volna, és vittem volna oda, ahol csak ketten lehetünk. De becsengettek, és bement az osztályába. A következő hétvégén már őt is vittem a Feriékhez. A büszkeségtől dagadt a mellem. Végre láthatják a srácok, hogy nem kamu a Mariann.

A következő évben felvételiztem a műszaki főiskolára, mivel a Feri annyi szépet, és jót mondott róla, hogy meghozta a kedvünket. Sajnos engem nem vettek fel, mert komoly túl jelentkezés volt, így csak a jobb tanulókat válogatták ki, mint például Ricsit. Szomorú voltam, mert így teljesen szétszakadt a baráti társaságunk. A következő évben az apám mellett voltam kőműves segéd. Életem legpocsékabb éve volt. Folyton blamált, megalázott a többi segédmunkás előtt. Embernek, apának pocsék volt. Fogalmam sincs, miért vette el az anyámat, és miért vett a nevére? Sokszor annyira gyűlöltem, hogy meg tudtam volna ölni. De ilyenkor mindig anyámra gondoltam, és lebeszéltem magam a gyilkosságról. Persze soha nem tettem volna meg, mert képtelen lettem volna rá. Még egy tyúknak sem tudnék ártani. Emlékszem egyszer anyám nagyon beteg volt, és feküdt. Viszont az ebédet meg kellett főzni, mert apám minden délben, pontban tizenkét órakor betoppant az ajtón, és várta az ebédet. Anyám valahányszor felállt, visszazuhant az ágyba. Annyira gyenge volt, hogy nem bírt felkelni. Kétségbe volt esve szegény, hogy most mi lesz. Akkor, tíz éves lehettem. Azt mondja szegény anyám tíz óra fele nekem: fiam fogjál meg egy tyúkot, vágd el a nyakát, tegyél fel kopasztani vizet, és szedd szét a tyúkot. Majd én mondom, hogy kell. Na persze! Szerencsére otthon volt a szomszédasszony, ő vágta el a nyakát szerencsétlen sorsú tyúknak. Majdnem megsirattam! Aztán haza vittem, és megmondtam anyámnak, hogy nem én vágtam el a torkát, hanem a Lidi néni. Szerencsém, hogy anyámnak nem sok ereje volt, különben úgy vágott volna nyakon, hogy leesik a fejem! Nem értettem, miért haragszik annyira? De akkor még nem tulajdonítottam neki nagy jelentőséget, azt is elengedtem a fülem mellett, amint azt mondta, hogy ne menjek át többé a Lidihez. Volt ugyan is egy lánya, és én kis ostoba, azt hittem, hogy szerelmes vagyok bele. Minden kutya füléért hozzá mentem. Segítsen a leckében, magyarázzon meg valamit, amit én nem értettem, és hasonlók. Idősebb is volt nálam, vagy két évvel, de én kis tacskó nem foglalkoztam ilyen csekélységgel. Egyszer egy este már majd belefájdult a fejem, semmi nem jutott eszembe, hogy milyen okkal menjek át. Hát fogtam magam, amíg apám nem jött haza, ok nélkül suhantam át a Henihez, Lidi néni lányához. Apám mindig olyan zajt csapott, amikor haza jött, hogy azt nem lehetett nem észre venni. Aznap az ajtócsapódást még nem hallottam. Fogtam tehát valamelyik füzetemet, és átfutottam hozzájuk. Csodálkoztam, hogy zárva van a kapu, általában nem szokták zárni, csak ha elmentek otthonról, vagy késő estre. Tudtam, hol tartják a kulcsot, gondoltam még nincs késő, hát bemegyek. Bár ne tettem volna. Ahogy beléptem a nappaliba az apám cipőjét, és pulóverét véltem felismerni. Erre már kíváncsi lettem, ezért felosontam a lépcsőn, egész a Lidi néni hálószobájáig. Ott elkezdtem hallgatózni, és nem is kellett sokat várnom, amikor megszólalt Lidi néni sóhajtozva: Jaj drága Jenőm, (így hívták az apámat) de nagyon hiányoztál! Csókolj még! Nekem sem kellett egyéb úgy futottam le a lépcsőn, mint a nyúl. Még a kaput sem zártam vissza. Olyan, de olyan szerencsétlennek éreztem magam, hogy majd bele pusztultam. Kétségbe estem, nem tudtam, mit tegyek. Elmondjam anyámnak, vagy ne? Bekuporodtam az ágyamra, és csak sírtam. A magam kis tíz évével én voltam a világ legboldogtalanabb gyermeke. Nem elég, hogy üt az apám, még az anyámat is becsapja! Nem értettem, hogy tehet ilyet vele? Amikor az anyám mindent megtesz érte. Aztán egyszer csak nyílt a szobám ajtaja és az apám állt előttem. Szerettem volna akkor, egy kis egér bőrébe bújni, hogy gyorsan eltűnhessek az egérlyukban. Tudtam, hogy rájött arra, hogy rájöttem a titkára. Két választás volt: vagy megint elver, vagy megpróbál szép szóval rábeszélni, hogy ne áruljam be az anyámnál.

Lassan leült mellém az ágyra, ahol kuporogtam és csak nézett rám, mintha ki akarná olvasni a tekintetemből, hogy mit tudok. Aztán végre megszólalt.

- Mit akarsz tudni?- a hangja üres volt, nem lehetett tudni, mi jön ezután. – Semmit- szipogtam halkan. – Ez maradjon is így, mert szíjat hasítok a hátadból! Érthető voltam?- ekkor már dübörgött a hangja. – Igen – válaszoltam még mindig csendesen.

Másnap, amikor az apám elment dolgozni, odamentem az anyámhoz, és előálltam a tegnap látottakkal. Elmondtam, hogy mit hallottam a szomszédban, és azt is, hogy megfenyegetett az apám. Az anyám csak annyit mondott, hogy a Lidi néni Jenőnek szokta becézni a férjét, és biztos, hogy neki mondta. Amikor az ismerős cipővel, pulóverrel álltam elő akkor, pedig azt mondta, hogy foglalkozzak csak a tanulással, az az én dolgom, a felnőttek problémáját pedig, ne akarjam megoldani. Aztán még hozzá tette, hogy még egyszer ne merjek erről beszélni. Most már végképp nem tudtam, mi van a szüleim között. Tehát ilyen volt az én drága jó nevelő apám.

Alig vártam, hogy leteljen a tanév, és beadhassam a következő évben újra a felvételit a főiskolára. Persze hétvégenként találkoztam a srácokkal, és Mariannal is, de valahogy kicsit távolabbnak éreztem őt magamhoz.

Amikor betöltötte a tizenhatot, még a gimnáziumi évek alatt, bemutatott a szüleinek. Nem mondhatom, hogy madarat lehetett volna fogatni velük, azt hiszem jobb partira számítottak. Próbált ugyan kedves lenni az édesanyja, de az apja már rám sem nézett, miután kiderült, hogy az apám kőműves, az anyám pedig, le van százalékolva. Engem már különösebben nem érdekelt, arra büszke voltam, hogy jelentkeztem a főiskolára. Azt hittem, ez majd kicsit meghatja őket, de csak olyan hatást értem el vele, mintha azt mondtam volna, hogy szeretem a vajas kenyeret. Aztán úgy voltam vele, hogy kit érdekelnek, az a lényeg, hogy mi szeretjük egymást.

Sajnos megint melléfogtam. A következő héten hiába vártam, hogy a Feriékhez menjünk. Amikor rájöttem, hogy nem jön Mariann, nagyon elszomorodtam. Tudtam, a kedvesemnek még parancsolhatnak a szülei, és ahogy megismertem őket, ezt el tudtam róluk képzelni.

Belegondoltam, hogy mi lesz velünk, ha majd a városban fogok kollégista lenni. Kicsit elszomorított a dolog, de végül is úgy voltam vele, hogy lányok ott is vannak.

Apám, július végén, munkaközben rosszul lett, és elvitte a mentő. Engem aznap nem vitt magával, mert anyám megkérte, hogy had maradhassak otthon segíteni neki meszelni. Egyszer csak csörgött a telefon. Anyám engem kért meg, hogy vegyem fel, mert ő nem akart leszállni a létráról. A vonal túlsó végén egy fiatal férfihang közölte, hogy Szalay Jenőt a munkahelyéről, rosszullét miatt, a kórházba szállították, ha szeretnénk meglátogatni, bármikor megtehetjük. Amikor ezt anyámnak elmondtam, majdnem leesett a létráról. Nem fogtam fel, hogy ez utóbbi megjegyzés, hogy bármikor látogatható, semmi jót nem jelent. Anyám, szegény azonnal összeszedte magát, és sírva kért, hogy kísérjem el. Természetesen igent mondtam. Nem soká el is indultunk. A kórházban az első nővért kérdeztük, hogy hol fekszik Szalay Jenő, és ő rögtön útba igazított bennünket. Amikor megláttam, még én is megijedtem. Hulla sápadt volt, és csövek lógtak ki belőle. Akkor, ott, még én is megsajnáltam. Mint később kiderült, a gyenge állványzat okozta a vesztét. A mellette dolgozó kőműves megbillent, az apám pedig utána nyúlt, hogy elkapja. A lendülettől kitört az állványzat egy része és mind ketten lezuhantak körülbelül három méter magasból. Alul apám, rá a szakmunkás. Soha nem tudtam ezt a dolgot megérteni, amikor veri a nevelt fiát, csalja a feleségét, és egy vadidegen ember miatt kockára teszi az életét. Megdöbbentő. Ne haragudjon nővér, de már nagyon kifáradtam.

- Ez természetes. Köszönöm, hogy eddig is kitartott.- mondta a nő csendesen. Megitatta a betegét, betakarta, és csendesen elhagyta a kórtermet. – Istenem! Mennyi ideje lehet még?- gondolta, míg végig ment a hosszú, széles folyosón. A nővérpultnál két vele egykorú lány pusmogott. Mikor odaért hírtelen elhallgattak.

- Még szerencse, hogy kevés beteg van az osztályon, különben nem tudnál ennyi időt tölteni azzal a Károly bácsival- törte meg a csendet a szőke, szeplős lány, aki az Elvira névre hallgatott.

- Igen- válaszolt Eta, de a fejét sem emelte fel. Ezek ketten egymásra néztek, és izzott a tekintetük.

- Akkor lennél kedves segíteni ágyat húzni? Ugyan is ma hat embert engedtek haza, és mi már két ágyat áthúztunk.- mondta a barna hajú, lófogú lány, akit Verának szólítottak.

- Igen, persze. – mondta emez, még mindig magába roskadva.

- Most mi a bajod?- kérdezte Elvira.

- Tudjátok, az emberek olyan hamar elítélnek másokat, miközben fogalmuk sincs arról, miken megy az keresztül. Borzalmas.

- Neked meg mi bajod? – faggatta még mindig értetlenül.

- Semmi. Ti ezt úgy sem értitek. – és magában arra kérte a sorsot, hogy legyen még annyi ereje, és ideje a férfinak, hogy végig mesélhesse elrontott életét. Az persze még jobb lenne, ha nem kellene meghalnia, de sajnos ez elkerülhetetlen.

Elindultak ágyat húzni, de Etának csak nem akart kimenni a Károly a fejéből. Már nagyon kíváncsi volt a történet végére. De ma, már biztos nem meséli tovább, hisz nem soká letelik a műszak, és akkor el kell hagynia a kórház területét. – Óh bárcsak megélné a holnapot!- fohászkodott a nő.

Végül letelt a műszak, és elindult a könyvtárba. Latin szótárt szeretett volna kikölcsönözni, de sajnos ilyet nem tartottak. Micsoda szegényes kínálat!- gondolta Eta. Ezután elindult a barátnőjéhez, mert már a múlt héten is elmaradt a „pletyka délután". Már sötét volt kint, amikor elindult haza. Az anyja ismét faggatta, hogy telt a napja, mit mesélt ma az új beteg. Mire Eta elmondta, amit a Károlyról ma megtudott. Az, csak szörnyűködött, és csak annyit kérdezett, mi a Károly vezetékneve? Eta túl fáradt volt ahhoz, hogy bár mit is következtessen, az anyja reakciójából, ezért jobbnak látta felmenni a szobájába. Még a vacsora sem kellett neki. Megfürdött, és egy ideig fülhallgatón keresztül zenét hallgatott.

Éjszaka szörnyű álma volt. A Károlyból mindenféle csövek lógtak ki, és saját kezével, mint egy őrült, elkezdte cibálni kifelé valamennyit. Látta magát is, amint segíteni akar, de valamilyen láthatatlan erő taszította, egyre távolabb, és távolabb a betegtől. Kiabált, ordított, hogy ne tegye, de az mintha nem is hallaná, nem hallgatott rá, csak rángatta a csöveket kifelé.

Eta izzadtságban úszva ébredt. Megnézte az órát, éppen éjfél volt. Megmagyarázhatatlan rossz érzése támadt. Úgy érezte, valami szörnyű dolog történt. Alig várta, hogy végre reggel legyen, és bemehessen a kórházba. Ezen a héten, a baleseti sebészeten van gyakorlaton, így talán sikerül végig hallgatni a Károly élettörténetét. Maga sem tudta, mi az a láthatatlan szál, ami ehhez a férfihez köti.

Végre beért a kórházba. Mint mindig, most is átöltözött, és elindult vérnyomást, és lázat mérni Elvirával. Amikor a négyes kórteremhez értek, Eta megdöbbenve tapasztalta, hogy a Károly nincs a helyén. Az ágya áthúzva, az éjjeliszekrény letörölgetve, rendbe rakva. Szörnyű érzés kerítette hatalmába. Eszébe jutott az a szörnyű álom, amit az éjjel látott, és nagyon félt, hogy tényleg eltávozott az élők sorából a Károly bácsi. – Jaj ne!- kiáltott fel hangosan.

- Mi bajod van?- kérdezte Elvira, de választ már nem kapott.

Eta végig rohant a folyosón, egészen a nővér pultig, és elsápadva, levegőért kapkodva kérdezte, mit tudnak a Károly bácsiról?

Kiderült, a beteg éjfélkor nagyon rosszul lett, újra kellett éleszteni. Jelenleg az elfekvőben van, az állapota válságos. Eta ekkorra már elsírta magát. – Tudtam!- kiabálta, -Tudtam! Meg kell látogatnom őt. És anélkül, hogy bárkitől is engedélyt kért volna elviharzott az elfekvő részleg felé, le a lépcsőn, csak rohant, mint aki megkergült.

Akik látták, csak széttárták a karjukat, és nem értették, mi történhetett ezzel a csendes, rendes lánnyal?

Végre leért az osztályra, ott megkérdezte, hol fekszik a Szalay Károly? Azok készséggel útba igazították.

Végig szaladt a folyosón. Amerre futott, mindenfelé kíváncsi tekintetek kísérték. Végre a férfi kórterméhez ért, és berohant. Megdöbbenve szembesült a ténnyel, hogy csakugyan a végéhez közeledik már az élete szegény Károly bácsinak. Megmagyarázhatatlan fájdalom hasított belé. Maga sem értette, hisz ő, csak egy idegen. Soha azelőtt még nem látta, nem ismerhette. És még is, mi ez a megmagyarázhatatlan fájdalom a szívében?

Szörnyű látványt nyújtott, akár csak álmában. Csövek lógtak ki belőle, és holt sápadt volt. Közelebb lépett, és megfogta a férfi kezét.

- Hogy érzi magát?- kérdezte csendben.
- Mint akin átment az úthenger- suttogta az.
- Mit szeretne? – faggatta a lány
- Végig mesélni az elszúrt életemet.
- Hiszen most biztos nagyon gyenge.
- Ennél már nem leszek erősebb. Sietnem kell, már nincs sok időm. Hol is tartottam?
- Az apja baleseténél.
- Ja igen. Tehát a diagnózis: deréktól lefelé lebénult. Egy örökmozgó embernek ez maga a pokol. Két hét után hazaadták a kórházból, mivel semmiféle rehabilitációs programban, nem volt hajlandó részt venni, majd saját felelősségére távozni kívánt a kórházból. Anyám kitartóan ápolta szegény, de szörnyen szenvedett lelkileg. Sajnos arra is rá kellett döbbennem, hogy a főiskola helyett a munka világa vár. Egyszeriben, minden álmom ködté vált. Borzalmas napok jöttek. Apám mérhetetlenül gonosz, kötekedő lett, majd pár nap elteltével teljesen magába zárkózott. Nem is tudom, melyik volt a rosszabb? Én munka után jártam, egyébként sem bírtam elviselni az otthoni légkört. Mivel csak érettségim volt, szakmám nem, igazából nem veszek rajtam össze a munkáltatók. Bár akkoriban több munkalehetőség adódott, ezért kicsit én is válogattam. A tervem az volt, hogy még legalább a szeptembert kihúzom, és októbertől beállok dolgozni, egy boltba. Az iskolát munkaközben is el lehet végezni. Nem szerettem otthon lenni, ezért volt olyan is, hogy

csak céltalanul róttam az utcákat. Csalódott voltam, rossz kedvű, és kiábrándult. Bár a srácok vigasztaltak, pocsékul éreztem magam a bőrömben. Részint, mert haragudtam az apámra, részint, mert lelkifurdalásom volt emiatt. Aztán szeptember kilencedikén arra mentem haza, hogy az anyám a kapuban ül, és csak néz maga elé. Soha életemben nem láttam őt ilyennek. Nem sírt, nem szólt semmit, és még csak rám sem nézett. Hiába kérdeztem, nem felelt. Azt hiszem, akkor sokkot kapott. Berohantam a házba, és ott szörnyű látvány fogadott. Az apámnak habzott a szája, és félig lelógott az ágyról. Sejtettem, hogy ez valamilyen mérgezés, annak idején a Lidi néni is megmérgezte a kutyánkat, mert őt mindig megugatta, és nem is akarta beengedni. Mindig apám szólt rá, mert talán meg is harapta volna. Tehát tudtam, hogy az apám valamilyen mérgezés áldozata lett. De hogyan? Ki tette? Miért nincs bent az anyám? Újra kirohantam, és becibáltam a kapuból. Leültettem az előszobába egy székre, mire kiesett a kezéből egy levél, melyen ez állt: „Véget vetek a szenvedéseimnek, mert ez számomra már nem élet. A gyógyszereket összegyűjtögettem, ezért senkit nem terhel felelősség. Bárki találjon is rám, nem akarom, hogy megmentsenek, mert megteszem újra, és addig próbálkozok, amíg sikerül megszabadulnom szenvedéseimtől!"

Ennyi állt benne, és nem több. Semmi búcsú, semmi szerettelek benneteket, semmi érzelem, csak saját maga volt a központban. Ez jellemző volt rá. De akkor ez, nem fogalmazódott meg bennem. Kétségbe voltam esve, nem tudtam, mit tegyek. Visszamentem a szobába, és a még hörgő apámnak szegeztem a kérdést: „Miért bünteted az anyámat?" Ő már nem tudott felelni, csak valami olyasmit sziszegett a fogai között, hogy „jobb ez így!" Aztán sóhajtott egy nagyot, és már nem lélegzett többé.

Fájdalom hasított végig bennem, végig a szívemen, a gyomromba, majd vissza. Féltettem az anyámat, akiről tudtam, soha többé nem lesz párkapcsolata. Soha nem akar majd emberek közé menni. Nem tudom, meddig töprengtem így, de miután felocsúdtam, felhívtam a háziorvost, és elmondtam neki a történteket, hogy most találtuk meg az apámat, már meg van halva.

Anyámnak azonnal adott egy nyugtató injekciót, és megkért, hogy másnap vigyem be hozzá, valószínűleg a temetés után beutalja egy idegszanatóriumba. Ismerte jól az anyámat, tudta, ha ezt nem teszi meg, anyám teljesen összeroppan.

Nehéz napok következtek. Anyám intézte a temetést, de mindenhova mennem kellett vele, mivel úton- útfélen szédült, rosszul volt.

Egyébként sem volt kövér, de legalább tizenöt kilót fogyott a temetésig. Csont, és bőr volt szegénykém. Nehezen teltek a napok, még nehezebben az éjszakák. Anyám általában álmatlanul forgolódta végig. Mert talán mondanom sem kell, az ő szobájába költöztem be, mert féltettem. Féltem attól, hogy butaságot csinál. Bár a házban lévő összes gyógyszert összeszedtem, amiről tudomásom volt, de attól tartottam, nehogy más módot keressen, hogy elpusztítsa magát.

Végre eljött a temetés ideje. Akkor láttam életemben először zokogni az anyámat. Úgy sírt, mintha soha többé nem akarná abbahagyni. Pedig előtte is megkapta a mindennapi injekcióját, és még is. Azt hiszem akkor tudatosodott benne az, hogy többé nem látja apámat.

A szívem szakadt meg érte. Amikor becsukom a szemem, még most is látom magam előtt görnyedt testét, amint rázza a zokogás. A temetésre nem sokan jöttek el, nem volt egy szeretni való ember. A férfi felesége, akinek megmentette az életét, nos ő eljött. Eljött a Lidi néni, akire úgy nézhettem, mint egy gyilkosra, mert a sírhoz már nem kísérte ki. Ott volt még a másik szomszédunk, a Boriska néni, aki szerintem csak kíváncsiságból jött el, hogy tudjon miről pletykálni legközelebb a piacon. A barátaim jöttek még el, és ott volt még egy nő is egy pár évvel idősebb férfival, mint én. Őket nem ismerte az anyám sem, legalább is azt mondta. Ahogy vége lett a temetésnek, lassan elindultunk hazafelé. Alig tettünk pár lépést, amikor utolért bennünket ez a titokzatos ember pár. A nő, anyámhoz hasonló korú lehetett, kopott fekete nadrágot, és még kopottabb fekete kabátot viselt. Csapzott, őszes hajával, beesett karikás szemeivel, ráncos arcával, egy alkoholista benyomását keltette. Amikor megszólalt, már egészen biztos voltam benne, hogy az is. Úgy bűzlött az italtól, hogy még én is kis híján berúgtam. Életemben nem láttam még ilyen gusztustalan szerzetet. Azt hiszem, az ilyenre mondják, hogy a nők szégyene. Talán ha minden második foga volt meg, de azok is feketék, sárgák, szuvasak. – Te ribanc te!- mondta anyámnak, és megfogta a jobb karját. – Hát miattad hagyott el az uram, amikor ezt a fiút hordtam a szívem alatt? Hát mivel vagy te különb azt mondd már meg nekem?- és szinte habzott a szája.

Akkor odaléptem, és megpróbáltam lefejteni a kezét anyámról. Szegény annyira meg volt szeppenve, hogy szólni sem bírt. A nő ragaszkodott ahhoz, hogy tovább szorongassa az anyám karját.

- Ez a te anyád?- kérdeztem a srácra nézve.
- Aha.- mondta az.
- Akkor szólj neki, hogy vegye le a kezét az anyámról, mert ha én veszem le, az garantáltan fájni fog neki.
- Próbáld meg! De ne felejtsd el, hogy én is itt vagyok.

Erre már nem feleltem, fogtam a nő karját, és egy mozdulattal hátra csavartam, miközben azt sziszegtem:- Nagyon gyorsan takarodjanak innen, mert elég hamar elveszítem mostanában a türelmemet!- azzal előre löktem, hogy majdnem orra esett. Erre a kis haver nekem akart jönni, de én félre húzódtam, és ő egy hatalmasat esett előre. Azt hiszem az italtól vártak vigaszt, de végül, a miatt kényszerültek meghátrálni. Szánalmasan, lesütött fejjel andalogtak el. Tisztes távolból azért még odakiabált a nő: - Ennyivel nem úsztátok meg, ezt még megkeserülitek!

Másnap megkérdeztem anyámat, mit tud erről a két idiótáról? Állítása szerint sose hallott még róluk, de nem ez lett volna az első eset, hogy félre vezetett. A háziorvos aznap délután rendelt, így elmentem a szanatóriumi beutalóért anyám részére. Mikor visszaértem, az anyám kezében egy kis könyvecskét tartott. Takarékbetétkönyv. Ez volt nála. Mondanom sem kell, nagyon meglepődtem, mivel fogalmam sem volt ennek a létezéséről. Mivel azt sem tudtam, mennyit keres az apám, azt sem mennyiből tartja fenn anyám a háztartást, tehát én azt hittem, mindig, minden fillért felélünk. A könyvben még százötvenhatezer forint szerepelt, ami annak idején igencsak tekintélyes összegnek számított. Egyből felderült a képem, mivel arra gondoltam, hogy akkor uzsgyi a főiskola. Anyám azonban lehűtött egy pillanat alatt. Elmagyarázta, hogy ezt a pénzt az apám, a másik fiának rakosgatta félre, akivel tegnap a temetőben találkoztunk. Na ettől kezdve már semmit nem értettem. Akkor miért mondta anyám, hogy nem ismeri őket? Miért nem hallottam egyetlen szót sem az előző családjáról apámnak? És még ezer kérdés kavargott bennem.

Anyám megfogta a kezem, és maga mellé húzott az ágy szélére.

- Ülj le fiam!- mondta, és ismét egy levelet nyomott a kezembe.

Már kezdett herótom lenni a levelektől. Ebben a következő állt:

„Most, hogy ezt a levelet olvasod, már biztos, hogy én mentem el előbb. Amit most leírok, azt soha nem tudtam neked elmondani, mert nem tudtam, hogyan kezdjek hozzá. Nos mielőtt megismerkedtem veled, én már nős voltam. A feleségem annak ellenére terhes lett, hogy én tiltakoztam. Még élni akartam, még szórakozni szerettem volna egy kicsit kettesben. Még nem éreztem magam elég komolynak az apaságra, mondtam, várjunk egy-két évet vele. Nem hallgatott rám. Nem védekezett, és hamar teherbe esett. Miközben én azt hittem, szedi a gyógyszert. Azon elcsodálkoztam kicsit, hogy egyre csak hízik, de nem tulajdonítottam neki nagy jelentőséget, azt mondta, a fogamzásgátló miatt van. Aztán egy szép nap előállt, hogy három hónapos terhes. Iszonyú dühös lettem, mondtam, vetesse el! Hallani sem akart róla, és közölte, már amúgy sem lehet, meghaladta az időt. Ekkor mondtam neki, hogy akkor elválunk. Nem bírtam hozzáérni, sőt ránézni sem ezután. Becsapott, és ezt nem tudtam megbocsátani. Ekkor ismertelek meg téged. Sántítottál, gondoltam, ennek már nem kell gyerek, elég a maga baja. Aztán másnap a gyerekedet tolva láttalak meg ismét, ekkor szólítottalak meg. Talán emlékszel, a bolttal szemben, ahova jártál, nos ott dolgoztam egy építkezésen. A feleségem semmit nem sejtett, de elég volt neki a tudat, hogy nekem ő már soha többé nem kell, mint nő. Egyre jobban ivott. Ezt már én nem bírtam, és beadtam a válókeresetet. Mindent ott hagytam nekik. Megegyeztünk a bíróság előtt, hogy a házért, autóért cserébe nem fizetek gyerektartást. Ő elfogadta, és kívül, a bíróság épülete előtt megkért, soha ne látogassam meg a fiát! Én ezt a kérését tiszteletben tartottam, bár érdekelt a

sorsuk, de soha, még csak nem is érdeklődtem
irántuk. Kaptam a sorstól egy másik fiút, és bár
tudom, nem mindig sikerült elnyernem a
szeretetét, attól függetlenül szerettelek mind
kettőtöket! Most arra kérlek téged, hogy a
takarékbetétkönyvben lévő pénzt vedd ki, és add
oda nekik. A meghatalmazás ügyvédileg lett
megírva, elfogadják a banknál. Te is aláírtad
már, csak akkor konkrétan nem tudtad, mit írsz
alá. Már nem emlékszem mit mondtam neked.
Most köszönöm meg a bizalmadat, és a
szeretetedet is, ami végig kísért az életemen.
Éljetek boldogan"
    Hát nagyjából ennyit írt az én drága jó apám.
A szám is tátva maradt, de még anyám sem
tudott felocsúdni Amíg az orvosnál voltam,
addig járt nálunk az ügyvéd, aki elhozta a
könyvet, és a levelet. Az első gondolatom az
volt, hogy úgy sem tudják, hogy apám tett nekik
félre pénzt, akkor jobb elhallgatni, és megtartani.
Mert ha tudták volna, biztos nem állják meg,
hogy ne követelőzzenek a temetés után.
Mondtam is anyámnak, hogy ugyan miért ne
tarthatnánk meg ezt a pénzt? Persze ő nagyon
törvénytisztelő volt sajnos, így úgy látszott, nem
tudom meggyőzni.
    Másnap autóba ültünk, és elvittem a több mint
száz kilométerre lévő szanatóriumba. Szegény
úgy sírt, mint egy gyerek, hogy most mi lesz
velem. Én persze biztattam, hogy minden a
legnagyobb rendben lesz. Szeptember közepén
jártunk.
    Élveztem a szabadságot, hogy nem kell időre
haza mennem, senkivel nem kell törődnöm, csak

is magammal. A Ricsi, a Feri, az Ági, és a Kriszta hétvégén haza jöttek, minden alkalommal. Akkor minden percet együtt töltöttünk, amit csak lehetett. Sajnálkoztunk, hogy nem mehetek a fősuliba, de erről senki nem tehetett. Persze engem is nagyon bántott, de próbáltam nem mutatni. A Mariann szülei megfenyegették őt, hogy ne merjen találkozni velem, túl ágról szakadt voltam a lányukhoz. Pláne, hogy még a főiskola is füstbe ment számomra. Pocsékul éreztem magam, amikor ezek a dolgok tudatosultak bennem.

Anyámat mindig hétfői napokon látogattam, olyankor mindannyiszor sírt. Vittem neki ezt-azt, ő pedig rendszerint visszaküldte velem, hogy egyem meg én, ő kap ott mindenfélét.

Aztán szeptember utolsó szombatján elmentünk a helyi diszkóba a srácokkal. Ott láttam a Mariannt egy fiúval táncolni. Persze nekem sem kellett egyéb, felkértem én is egy lányt, és direkt jó közel húztam magamhoz. Gondoltam, most kiugrasztom a nyulat a bokorból. A tervem sikerült. Mariann ott hagyta a fiút, és odajött hozzám. Megkérdezte nem zavar-e? Mondtam, hogy engem nem. Mire a kiscsaj, akivel táncoltam odébb állt. Mi pedig kimentünk a diszkó elé beszélgetni. Elmondta, amit addig is tudtam, hogy a szülei nagyon sznob emberek, és a Gézát is azért küldik mindig utána, hogy ne tudjon olyan fiúval találkozni, aki „nem hozzá való". Kérdeztem, mit érez irántam? Mire ő lesütötte a szemét, és azt mondta, hogy szeret. Madarat lehetett volna fogatni velem. De ugyan akkor féltem is. Tudtam, hogy ez a szerelem nem lesz tartós, hisz már ő is másik városba járt gimnáziumba. Akkor íratták át, amikor bemutatott a szüleinek. Tehát nem csak a szülei, de még a távolság is közénk állt. Elkeseredtem, nem tudtam, mihez kezdjek a szerelmével, mit tegyek, merjem-e szeretni, vagy verjem ki a fejemből örökre. Egyik pillanatban lázban égtem, a másikban hideg zuhanyként ért a felismerés, hogy vége. Szerettem volna magamhoz ölelni, mit ölelni? Láncolni. De tudtam, ez lehetetlen. Szenvedtem, akartam, és tudtam, hogy elveszítem. Megbeszéltük, hogy a következő hétvégén találkozunk, és a Feri kocsijával bemegyünk a városi diszkóba mindannyian. Ő beleegyezett. Amikor megcsókoltam, remegett a teste. Éreztem, tudtam, hogy tényleg szeret.

Aztán ő bement, én pedig még kint maradtam egy kicsit gondolkodni. Ekkor termett ott a bátyja, meg két hasonszőrű cimborája, és szabályosan életveszélyesen megfenyegettek, hogy ha még egyszer két méternél közelebb megyek a húgához, leválasztja a fejem a testemről. Abban a percben teljesen mindegy volt, mit mond, engem a következő hétvége foglalkoztatott. Már alig vártam, hogy végre láthassam őt. Megbeszéltük, hogy a Feriéknél találkozunk, és csak később megyünk át a városba. Már mindenki ott volt, csak Mariann hiányzott. Azt gondoltam, biztos nem engedik, vagy már nem érdeklem. De egyszer csak megjelent, és szebb volt, mint valaha. Az arca kisminkelve, a haja feltűzve, olyan IGAZI NŐ volt. Legszívesebben becibáltam volna a legelső ágyba. De megpróbáltam disztingválni magam.

Egy ideig beszélgettünk, meg iszogattunk is. Olyan tíz óra lehetett, mikor mondtam, hogy most már jó lenne indulni, mert lassan a városi diszkó is megtelik. Sajnos a Feri is, a Ricsi is, és én is ittunk már ekkor. A lányok minduntalan mondták, hogy most, így, már ne induljunk el. De bennünket nem lehetett lebeszélni, hajthatatlanok voltunk. A lányokat levonszoltuk a garázsba, és már ültem is a volán mögé, miközben bőszen integettem nekik, hogy kövessenek. Mariann még tett egy kísérletet arra, hogy lebeszéljen bennünket. Mellém ült, és úgy kért, hogy ne menjünk, mert veszélyes. Mondtam neki, hogy csak kösse be magát, ilyen alkalom már nem lesz többé. Csak nézett rám, de ekkor már nem szólt. Feri kinyitotta a garázsajtót, a távirányítóval, és már kanyarodtam is kifele. Persze hajtott az alkohol a fejemben, nem voltam egészen körültekintő, és óvatos. Épphogy kiértünk a faluból, egy olajfolton megcsúszott az autó, amit elég nagy sebességgel vezettem, és már pördült is a tengelye körül. A következő pillanatban egy nagy csattanással egy időben hatalmasat ütköztünk egy fának. Arra még határozottan emlékszem, hogy körbe néztem, és mindegyikük vérbe fagyva hevert. Csak Ricsit nem láttam, azt gondoltam kizuhant. Ekkor megszólalt a Mariann telefonja, ami kiesett a táskájából a pörgés következtében, és ekkor láttam a kijelzőn, hogy az anyja keresi. Próbáltam a fejét felemelni, de visszacsuklott, véresen élettelenül. Olyan lelki fájdalom hasított belém, hogy még a testit is felülmúlta. Ekkor valahogy kikászálódtam az autóból, azt hiszem a

Ricsit akartam megkeresni, de az utolsó dolog, amit még láttam, egy erős fényszóró volt. Ekkor kaptam egy hatalmas ütést, és ettől kezdve csak a sötétség ölelt körül. Azóta fekete a hold, a nap, de még a szivárvány is nekem.

Kárlosz egyre erőtlenebb hangon beszélt. Eta nővér szorongatta a kezét, és mélységesen sajnálta ezt az embert, aki egyetlen rossz döntéssel ölt meg öt embert, és tette pokollá a saját életét.

- Mi történt ezután?- kérdezte a nő

- A legközelebbi emlékem az volt, hogy anyám fogja a kezem, és imádkozik. Szegény annyi pofont kapott a sorstól, és még bennem is csalódnia kellett. Amikor megszólaltam, azt hittem felkap örömében. Annyira boldog volt, miközben nekem minden eszembe jutott arról az éjszakáról. Szerettem volna ott, azonnal meghalni. A szívem úgy fájt, ahogy még soha. Rádöbbentem arra, hogy mindennek vége. Megöltem a legjobb barátaimat, akiket anyám után a legjobban szerettem a világon. Megöltem a szerelmemet.

Anyám elmondta, hogy három hétig feküdtem kómában. Ezután jött a rehabilitáció, mivel a lábam is megsérült, de a látásom nem tért vissza. Nem akartam meggyógyulni, nem akartam többé emberek közé menni, csak meghalni szerettem volna. És átkoztam a sorsomat, hogy életben maradtam! Az egyetlen ember, aki mellettem maradt, az anyám volt. És ekkor döbbentem rá arra, hogy nincs nemesebb, hatalmasabb, és magasztosabb érzés, az anyai szeretetnél. Mindent feláldozott értem, mindenkivel szembe fordult, tigrisként védelmezett.- a férfi most halkan felsóhajtott, majd kis szünet után így folytatta:

A nyomozás kiderítette, hogy valamennyien ittasak voltunk. Aztán jött a nagy kérdés, hogy ki vezetett? Anyám semmiképp nem akarta, hogy börtönbe kerüljek, ezért a mostoha bátyám pénzéhez nyúlt. Soha nem hittem volna, hogy valaha átlépi az apám szavát. És akkor, abban a helyzetben úgy döntött, hogy nem teljesíti az utolsó akaratát, hanem az én védelmemre használja fel azt. Ügyvédet fogadott, és ő azt javasolta, hogy valljam azt, hogy a Ricsi vezetett, mivel ő is kizuhant az autóból a baleset következtében. A lelki ismeret kínzott, gyötört, fojtogatott, és örökre kőbe zárta a szívem. Nem akartam hazudni, de anyám könyörgött, sírt, zokogott, hogy legalább én ne hagyjam el, mert abba belehal. Őrlődtem, nem tudtam, mit tegyek?

Végül úgy döntöttem, ha már a barátaimat megöltem, legalább az anyámat ne veszítsem el. Azt már nem bírtam volna elviselni.

Soha nem derült ki az igazság, és még is mindenki tudta, legalább is sejtette, hogy én vagyok a bűnös. De az is lehet, hogy azért haragudtak rám, amiért én életben maradtam. Ha ezt életnek lehet nevezni. A főiskola végül is ugrott. De, még ha lehetőségem lett volna rá, akkor sem mentem volna. Hogy is tudtam volna úgy beülni egy padba, azzal a tudattal, hogy talán ott ült a Ricsi, vagy a Feri, esetleg a Kriszta? Amikor hónapokkal később haza kerültem a kórházból, egy falat vontam magam köré. Évekig nem tettem ki a lábam az utcára. Csak is kizárólag, minden év október 05-én az anyámmal, a baleset helyszínére mentem el. Ő tanította meg nekem az utat, tőle tanultam meg tájékozódni. Arra kértem, hogy csak sötétedés után menjünk, mert nem akartam találkozni senkivel. Sajnos még a kórházi kezelésem idején ért elég atrocitás ahhoz, hogy emberkerülővé váljak. Egyszer a Mariann édesanyja is bejött, és hatalmas cirkuszt rendezett. Minden szemét csavargónak elhordott, és a legvégén hangzott el, azaz ominózus mondat is, hogy „a veszett kutya legyen társad a bajban!" Nagyon fájtak a szavai, de tudtam, hogy igaza van, én voltam, a lánya gyilkosa.

Elhiheti Eta nővér, hogy ezek után minden perc, amivel túléltem őket, nekem maga volt a pokol. Soha nem gondoltam arra, hogy új életet kezdjek. Soha, még csak meg sem fordult a fejemben, hogy esetleg párkapcsolatot létesítsek. Mert nem volt jogom, hogy boldog legyek!- most Kárlosz hangja megremegett, és egy könnycsepp gördült le az arcán.

- Károly bácsi nagyon megbüntette magát.- mondta a nő csendesen.

- Minden pillanatát megérdemeltem. Nem tudom, miért hagyott életben az Úristen, de ezt jól elszúrta. Egyedül csak nekem kellett volna meghalnom, nekik, pedig élniük kellene.

- És még is mit tett egész életében? Hogyan teltek a napjai ezután?

- Nagyon sokáig csak feküdtem, és vártam a halált. Nem ettem, nem ittam, csak vártam. Aztán egyszer anyám zokogva mellém térdelt, és könyörgött, hogy ne tegyem ezt vele. Kért, hogy ne büntessem őt, mert ebbe belehal. Aztán rájöttem, hogy igaza van, hisz ő végleg nem tehet semmiről.

Aztán rendelt nekem hangos könyveket, mivel világ életemben szerettem a szépirodalmat. – most elhallgatott, és hatalmasat sóhajtott. Közben a kórterembe belépett Pataki doktor úr is, és intett Eta nővérnek, hogy menjen oda hozzá.

- Mindjárt jövök Károly bácsi. – aztán eszébe jutott, hogy nem kell bácsizni a Kárloszt. Ránézett a férfire, de ő gondolatban már egészen máshol járt. Amíg a doktorhoz közeledett, azon gondolkodott, hogy most egészen biztos nagyon leszidja az orvos, talán el is tanácsolja ebből a munkakörből.

- Megmagyarázná nekem mit jelent ez?- kérdezte

- Nem tudom, de úgy érzem, mellette kell lennem.

- Nem bevett gyakorlat nálunk az ilyesmi, de jelen esetben kivételt teszek. Maradhat a beteg mellett, sőt, javaslom, keresse meg az öt halott barát még élő szüleit, hozzátartozóit, és hívja be őket, talán akkor megnyugszik, és átléphet a másvilágra. – majd sarkon fordult, és kiment. Eta nővér nagyon elcsodálkozott, hogy ennyivel megúszta a dolgot, de most nem ez kötötte le a figyelmét.

- Nővér! – hallotta Kárlosz elhaló hangját.

- Igen Károly bácsi! Megyek.

- Nagyon fáj a fejem, és a derekam.

Eta nővér megkérte egyik kolléganőjét aki, ezen az osztályon dolgozott, hogy adjon a férfinak gyógyszert.

- Károly bácsi. – mondta ezután.- Nekem most el kell mennem, de nem soká visszajövök. Ígérem, igyekezni fogok.

- Az jó lesz, már nem bírom sokáig.

A lány végig simított a férfi kezén, és egy könnycsepp gördült az arcára. És nem értette, mi az, ami ehhez a vadidegen férfihoz fűzi? Miért kötődik éppen őhozzá? Annyi beteg van ebben a kórházban, annyi mindenki meghal, miért éppen ő az, akit ennyire sajnál?

De nem volt idő a töprengésre, hisz a férfi órái meg vannak számlálva.

- Sietek.- mondta halkan, és elengedte a kezét.

Kárlosz nem válaszolt, csak a plafonon kiszúrt pontot nézte mereven.

A nővér gyors léptekkel indult az öltöző felé, lecserélte ruházatát, és beült a néhány napja vett autójába. A jogosítvány is friss volt még, a tinta is alig száradt meg rajta. De Eta jól vezetett, hisz édesapja már három-négy éves korától az ölébe ültette, és úgy tanította vezetni. Csodálatos időket töltöttek együtt. Érdekes módon az apja mindig engedékenyebb volt, mint az édesanyja.

Rutinos vezető volt már, az apja mondogatta is, hogy „Már jobban vezetsz, mint én, te kis bestia!"

Nagyon szerette az apját. Talán most a Kárloszban hasonló karakterű embert vélt felfedezni. Talán őt látja benne…

Közben a szomszéd város határához érve lassított kicsit. Kereste a helyet, ahová a Kárlosz igyekezett, utoljára életében. Ekkor pillantott meg, egy frissnek látszó koszorút. Lehúzódott az út legszélére, és bekapcsolta a vészvillogót, majd átszaladt az út másik oldalára.

Ahogy közelebb ért, akkor látta, hogy nem is egy koszorú van a kereszten. Kicsit félre hajtotta őket, és elolvasta a rajta lévő írást.

„Itt ért véget Pálvölgyi Richárd, Kerekes Ágnes, Solti Ferenc, Fehér Krisztina, és Török Mariann fiatal élete 1981. 10. 05."

Egyszerű fakereszt volt, csak egy szimpla emlékeztető. Annak a szörnyű napnak az emlékére, amikor egy csapásra változott pokollá négy fiatal felnőtt szüleinek az élete.

Eta szíve legmélyéig hasított a fájdalom. Emlékezetében megjelent a kép, amikor édesanyja állított egy ilyen keresztet az apjának.

Borzalmas emlékek törtek fel belőle, amiket eddig sikeresen, és tudatosan nyomott el magában. Minden fényképet, amin az apja is rajta volt, minden tárgyat, amihez az apja emléke fűződött, mindent összecsomagolt, és felvitt a padlásra. Nem akart emlékezni, nem akart szenvedni, az apja halála miatt.

És most úgy zúdultak rá az emlékek hívatlanul, mint a nyári zápor a kiszáradt földre.

Gyönyörű napsütésre ébredt aznap. Az énekesmadarak csiviteltek a fákon, a szellő lágyan ringatta a fák leveleit. Sehol egy felhő nem volt az égen. Semmi nem jelezte az eljövendő tragédiát. Június 13. volt, a nyári szünet első napja. Nagy tervekkel indult ez a nyár, többek között egy egyhetes családi nyaralással. Az édesapja már elment dolgozni, az édesanyja pedig lázasan csomagolt, mivel másnap utaztak volna a tengerpartra közösen. Már minden el volt rendezve, a szülei szabadsága is rendben volt. Eta sugárzott az örömtől, már nagyon várta ezt a közös családi hetet.

És ekkor, derült égből villámcsapásként jött a hír. Egy rendőrautó állt meg a házuk előtt. Eta éppen kinézett az ablakon. Rossz érzése támadt. A rendőrök nem szálltak ki azonnal, mintha még megbeszéltek volna valamit. Aztán mindketten egyszerre nyitották ki az ajtót, és elindultak a kapu felé. Megnyomták a csengőt, mire kisvártatva az anyja jelent meg a kapunál. Eta nem hallotta, hogy mit beszélnek, de megmagyarázhatatlan félelem lett úrrá rajta. Ekkor hallotta meg az anyja földöntúli üvöltését.

–Neem! Ez nem lehet!

A lány úgy rohant le, hogy még a lépcső aljában lévő virágot is felborította. Mire kiért, már a rendőrök karonfogva kísérték az anyját befelé. Eta tisztán emlékezett arra, hogy remegett egész testében az anyja a lelki traumától. Nem is kísérték, inkább hozták. Ezután orvost kellett hívni hozzá, aki nyugtatót adott be neki. Soha nem felejti el azokat a napokat, heteket, hónapokat…

Rettenetesen megviselte az édesanyját a haláleset. Eta már-már attól félt, nem éli túl az anyja, ezt a veszteséget.

Mind a mai napig nap, mint nap kijár a temetőbe, és elmesél mindent, ami velük történik. Eta soha nem megy vele, sőt ha teheti még a környékét is elkerüli. De a helyet, ahol a baleset történt, egyszer megnézte ő is, mert épp arra volt dolguk az anyjával, és ő megmutatta.

A lányból most kiszakadt a sírás, a hírtelen, vulkánként feltörő emlékek hatására. Nem tudta, és nem is akarta ezt a zokogást visszafojtani.

Ott állt négy vadidegen ember, halálos emléke mellett, és csak hullt a könnye. Két év elfojtott fájdalma, bánata, és gyásza szakadt ki a lelkéből. Most engedte el az apját valójában. Most tudatosult benne a tény, hogy ő már nincs, és soha többé nem láthatja őt.

Nem tudta mennyi idő telt így el, de egyszer csak egy autó állt meg mellette. Lehúzódott az út mellé, szinte a keresztnél állt meg.

Egy negyvenöt-ötven év körüli férfi szállt ki az autóból, és egyenesen Etának szegezte a kérdést.

- Ne haragudjon hölgyem, de kit tisztelhetek önben? Csak azért kérdezem, mert ahol sírdogál, az az én testvérem emlékhelye.

- Bocsánat.- hüppögte Eta- Csak megálltam itt, és közben teljesen eluralkodtak rajtam az emlékeim. A nevem Somogyi Etelka, és az én apám is egy közúti balesetben vesztette életét.

- Örvendek- válaszolt a férfi- Az én nevem Török Géza.

- Akkor ön, a Mariann bátyja?- csillant fel a lány szeme.

- Igen, de honnan ismerte a húgomat? – kérdezte meglepetten. – Nem is ismerhette, hisz ön még túl fiatal ahhoz. Akkor hol hallott róla?- folytatta a faggatózást hatalmas lendülettel.

- Én ápolónő vagyok, illetve csak annak tanulok, és a városi kórházban töltöm a gyakorlatom. Ott találkoztam a Károly bácsival, és most miatta vagyok itt.

-Csak nem a Szalay Károlyról van szó?- hördült fel a férfi.

- De igen. Tudja egy nagyon súlyos baleset érte, és most haldoklik. Ezért szeretném megkérni az elhunytak, még élő hozzátartozóit, hogy jöjjenek be hozzá a kórházba, és próbáljanak neki megbocsátani.

- Na arról aztán szó sem lehet!- vágta rá, ellentmondást nem tűrő hangon.

- Nézze uram! Én megértem, hogy még ennyi év után is fájnak a sebek, hogy nehéz a megbocsátás, de én még is arra kérem önt, és a szüleit, testvérét is, hogy jöjjenek be hozzá, és ott majd talán másképpen látja ezt az egész helyzetet, amint mindent megtud arról az emberről.

- Nos akkor figyeljen kis hölgyem!- és már-már kiabálva mondta- Az én testvérem túl szép, és fiatal volt ahhoz, hogy egy tróger elvegye az életét. Nincs az az isten, amiért én valaha is megbocsátok neki!- majd sarkon fordult és elindult az autója felé.

- Uram!- szólt utána a lány- Tudja az én apám, mint mondtam, szintén közúti balesetben halt meg, és lehet, hogy nem volt túl szép, az is lehet, hogy már nem volt túl fiatal, de az apám volt! A másik sávban haladó sofőr egyszer csak áttért a szemközti sávba, épp az apámmal szemben. Már nem volt idő semmiféle manőverezésre, frontálisan ütköztek. Az apám azonnal meghalt, a másik sofőr pedig, a kórházba szállítás közben vesztette életét. Mint utólag kiderült, a másik autót vezető férfi erősen ittas volt. Ennek már több, mint két éve. Soha nem voltam a temetőben, soha nem sirattam el, mert nem akartam őt elengedni. Most már tudom, hiba volt, hisz mint egy tüske az ujjunkban, az apám halála a lelkembe fúródott egyre mélyebben. Talán ha tenne egy próbát ön is, akkor lehet, megnyugodna a még ma is háborgó lelke, és végre hagyná a húgát békében nyugodni.

A férfi láthatóan meglepődött a lány szavain, és magába roskadva csak ennyit mondott:

- Rendben, holnap meglátogatom.
- Az már lehet, hogy késő. Nagyon rossz állapotban van.
- Rendben, menjünk.- mondta megadóan.
- Még arra kérném, hogy a szüleit is vigyük magunkkal.
- Sajnos az lehetetlen, ugyan is azt anyánk öt éve, az apánk három éve halott.
- Sajnálom. –mondta Eta- Akkor, a húgát kellene még meggyőznünk, hogy velünk jöjjön. Bár ő már volt bent, de nem volt benne köszönet.
- A húgom nagyon konok nő, nem hiszem, hogy belemegy ebbe a dologba.
- Azért tegyünk egy próbát.
- Rendben. Megyek elől.

Azzal beszállt a kocsiba, megvárta amíg Eta is beszáll, majd megfordult, és megindult a kis város felé, ahonnan jött.

Néhány perc múlva, egy kétszintes gyönyörű házhoz értek. A kaput távirányítóval nyitotta ki Géza, mire odaértek. Gyönyörű parkon haladtak keresztül. Mint valami mesebeli kastély meredezett előttük a ház, ahol a Mariann is élt. A Károly bácsi nem mesélte el, milyen luxus körülmények vannak itt. Bár az is lehet, hogy már azóta alakították ki ilyen pompásra.

- Hát itt lakik a húgom. Én már rég elköltöztem. Valahogy nem bírtam itt élni tovább. Mindenhol csak a Mariann emléke jött szembe velem. Bárhová is mentem, bár mit is csináltam, egyszerűen, nem élhettem itt nyugodtan. Nagyon szerettem a húgomat. Mindig én vigyáztam rá, kivéve akkor. Soha nem tudom magamnak megbocsátani, hogy akkor nem voltam mellette.- Ekkor a férfi elhallgatott, és egy könnycsepp jelent meg a szemében.

- Nem szabad magunkat hibáztatni mindenért. Nem lehetünk ott mindig, amikor szükség van ránk, és nem tehetünk arról sem, ha nem úgy alakulnak a dolgaink, ahogy szeretnénk. Ha magunkat ostorozzuk mindenért, akkor soha nem élhetjük a saját életünket. A világ fájdalmát sem vesszük magunkra, mert a teher meghaladná a tűrőképességeinket. Nem szabad a múltban leragadni, tovább kell élni az életünket, mert a szeretteink is ezt szeretnék.

- Tudom, hogy igaza van, de olyan nehéz.

Azzal elindult fel a lépcsőn, a lány pedig utána.

Ahogy a házba értek, egy hatalmas bernáthegyi kutya oldalgott feléjük, szélesen vigyorogva, és farkát csóválva.

- Helló Betty!- üdvözölte Géza a kutyát, aki szemmel láthatóan nagyon oda volt érte.

Hatalmas pofáját a férfi kezébe nyomta, és megállíthatatlanul nyalogatni kezdte.

- Jól van már te nagy bundaboris! Nem látod, hogy vendégünk van? Most aztán szépen bemutatkoztál.

- Gyönyörű kutya. – mondta Eta valódi csodálattal a hangjában.

- Igen, ő már a harmadik generáció, Mariann kutyájának a fajtájából. Sajnos, a Betty nagymamája belepusztult a bánatba, amikor hiába várta haza a gazdáját. Nagyon szerették egymást. Együtt aludtak, sétáltak, és még együtt is ettek.

- Igen. A kutya a leghűségesebb barátja az embernek.

- Na jól van most már elég volt. – mondta Géza, és kedvesen megpaskolta a kutyát.

- Kivel beszélgetsz?- hallatszott az egyik szobából egy női hang. Eta megismerte a Fruzsina hangját.

Abban a percben kilépett a konyhaajtón, még a kötényt sem tette le maga elől.

- Jó napot kívánok!- mondta Eta csendesen.

- Jó napot! Hát ön mit keres itt?- kérdezte nem túl barátságos hangon.

- A hölgy azért jött, hogy menjünk be vele a kórházba a Károlyhoz.- törte meg a csendet a férfi.

A házra hírtelen kínos csend telepedett. Eta feszengett, nem tudta, mit is mondhatna, Fruzsina nem tudta, hogy reagáljon a hírtelen jött invitálásra. Végre megszólalt.

- Köszönöm, de én már jártam nála.

- No várj egy kicsit.- mondta a testvére, és finoman behúzta a konyhába.

Hogy mit beszéltek, azt csak ők tudják, de pár percen belül megjelentek, és elindulhattak.

- Csak annyi kérésem lenne még, hogy a többiek hozzátartozójának a címét mondják meg nekem.- mondta Eta halkan

- Jobb ötletem van. - közölte Géza- Megyünk mi is, azt hiszem, könnyebben meggyőzzük őket, mint ön. De kemény harc lesz, arra számítania kell.- és rákacsintott Etára.

- Oké.- felelt a lány, és elmosolyodott.

Milyen kedves ez a férfi. Gondolta magában. Pedig elég viharos volt a megismerkedésük.

- Akkor talán kezdjük a Ricsi apjánál.

Géza, és Fruzsina a saját kocsijukkal, míg Eta szintén a maga autójával indultak el. Kanyargós utcákon haladtak, és közben még a fránya eső is elkezdett esni, nagy kövér cseppekben. – Már csak ez hiányzott!- gondolta Eta.

Végül néhány perc múlva megérkeztek egy csodálatos, festői környezetben lévő „palotához". – Hú az anyja! Azt hittem az előző vityillót már nem lehet fokozni.- gondolta a lány, és kiszállt az autóból. Közben már Géza is kipattant, és a kaputelefon csengőjét nyomogatta.

- Ki az?- szólt ki, egy élces, zord férfihang.

-Elnézést uram, Török Géza vagyok, és szeretnék önnel beszélni, a Ricsivel kapcsolatban.

- A Ricsi, már régen meghalt, nincs mit beszélni róla!

Már le is zárta a beszélgetést. De Géza nem adta fel, és újra becsengetett.

- Mit nem ért azon, hogy nem akarok beszélgetni?- kiabálta a telefonba.

-Uram! Én igazán nem akarom önt zavarni, csupán néhány percre rabolnám az idejét, kérem, engedjen be!

- Kik azok maga mögött?- kérdezte kicsit engedékenyebben.

Géza kissé félre állt, és rámutatott a húgára, majd bemutatta. Aztán Etára mutatott, és közölte, hogy ő a városi kórház egyik nővére.

- Mi közöm nekem hozzájuk?- kérdezte a férfi kissé enyhébb stílusban.

- Ezt szeretném elmondani.- felelt Géza, még mindig angyali türelemmel a hangjában.

A vonal másik végén kínos csend honolt. Már- már azt hitték, nem is érkezik válasz, amikor megszólalt a berregő hang. Géza gyorsan benyomta a kaput, nehogy az öregúr meggondolja magát. Egymás után besorakoztak. Az eső egyre jobban szaporázta, így hát ők is gyorsabban kapkodták a lábaikat. Fejüket nyakukba húzva loholtak befelé. Eta vékony felsőjének kapucnijával próbálta védeni a haját, a másik kettő, már készült az esőre, ők esőkabátot vettek fel otthon.

Sok idő nem maradt a nézelődésre, de amit láttak, az pazar volt. Csodálatos, gondozott parkon át vezetett az útjuk, és széles márvány lépcsőn jutottak fel a házba. Az ajtón csengő volt, amit a Géza gyorsan megnyomott. Egy jól kigyúrt középkorú férfi jelent meg előttük.

- Jöjjenek be!- mondta, majd előttük haladva mutatta az utat.

- Ilyet csak filmekbe láttam eddig. – szaladt ki Eta száján a mondat.

- Hát nem mindennapi kégli. – fűzte hozzá Géza.

A nappalin keresztül haladva, felmentek a lépcsőn, majd a dolgozószoba felé vették az irányt. Eta már ismerte a házat a Károly elmondása alapján, de a látvány minden képzeletet felül múlt.

Ez a pompa, ami fogadta őket, egyszerűen leírhatatlan. Eta szája tátva maradt a csodálkozástól.

A dolgozóhoz érve a kigyúrt fickó bekopogott.

- Jöjjenek!- hallatszott az öregúr hangja odabentről.

- Jó napot kívánok uram!- mondta Géza, majd így folytatta – Köszönjük, hogy beengedett bennünket. Engedje meg, hogy kifejezzem csodálatomat a háza miatt.

- Térjünk a tárgyra! – mondta nyersen az öregúr.

- Elnézést uram, de hogy szólíthatom?

- István. Pálvölgyi István.

- Köszönöm. Szóval István bácsi, mi tulajdon képen azért zavarjuk, mert a Károly, aki az ön fiának a barátja volt annak idején, kórházban van, egy súlyos közúti baleset miatt…

- Mi közöm nekem ehhez?- szólt közbe durván az idős ember.

- Csak azt szeretnénk kérni öntől, hogy jöjjön el velünk a kórházba, és….

- Mit képzel maga? Még én látogassam meg azt a nyomorultat, aki tönkre tette az egész életemet?! – üvöltötte magából kikelve.

- Tudom, hogy nagyon nehéz ez az egész helyzet, de kérem, gondoljon arra, hogy talán az ön lelke is megnyugszik azáltal, hogy a szemébe nézhet a Károlynak.- mondta szinte könyörgő hangon a férfi.

- Miért kellene nekem a szemébe néznem? Semmi dolgom vele. Már mindenkit elvett tőlem, akit szerettem. A fiamat fiatalon veszítettem el miatta, a feleségem, pedig nem bírta a lelki terheket, és öngyilkos lett a temetés után. Mi dolgom lenne ezzel az állattal?- sziszegte a fogai között.

- És ha ez még nem elég, akkor hozzáteszem, két szívinfarktuson vagyok túl. Megkérném önöket, távozzanak!

- István bácsi! Én igazán megértem az ön szempontjait, de a Károly halálos beteg, csak órái vannak hátra.

- Na ennél jobb hírt nem is hozhatott volna! Miért nem ezzel kezdte? Azt üzenem a mocsadéknak, hogy még a sírjában se nyugodjon! – füstölgött az öreg.

A szobára süket csend telepedett. Mindenki csak nézett, és szólni nem tudtak a döbbenettől. A csendet végül Eta törte meg.

- Hogy lehet egy emberben ennyi gyűlölet? Csoda, hogy szét nem vetette még a düh, és a szánalmas önsajnálat. Ha tudná, mit élt át az az ember, akit maga csak mocsadéknak nevezett, akkor nem beszélne így. Megbűnhődött a tetteiért elhiheti. Saját magát száműzte az emberek közül, soha többé nem látta a napot, nem szórakozott, nem nevetett. Mit kellett volna még tennie, hogy a magához hasonló emberek megbocsássanak neki? Ha ő is meghalt volna, akkor maga talán visszakapja a fiát? Fiatalok voltak, és felelőtlenek. Bár ki vezette is azt a nyomorult autót, senkinek nem fogtak fegyvert a fejéhez, hogy kötelezzék a beszállásra. Miért nem látja be egy ilyen megvénült, sokat látott, és tapasztalt ember, mint ön, hogy ebben a helyzetben, mindannyian hibásak voltak? Nem kereshetünk felelősöket, és nem ítélkezhetünk senki fölött! – hadarta végig Eta elvörösödve a dühtől.

Az István bácsi mereven nézte a lányt, majd maga elé bambult. Mindenki feszengett, talán még az is megfordult a fejükben, hogy vagy most repülnek, vagy soha. De ami ezután következett, arra senki nem számított. Az idős ember felállt a székéből és ennyit mondott: - Mehetünk.

A döbbenettől, csak lassan ocsúdtak fel. Kifelé menet senki nem szólt egy szót sem. Leérve a nappaliba István bácsi intett a nagydarab fickónak, miközben Etára nézve ennyit mondott: - Csak a saját autómmal megyek.

- Rendben. – mondta Eta.

- Most a Solti Feri szüleihez megyünk. Ha nem kíván velünk tartani, akkor javaslom, menjenek egyenesen a kórházba. – mondta Géza az idős ember felé fordulva.

- Önökkel tartok, hisz a Feri a feleségem testvérének a fia volt. Bár az ő élete jobban

alakult, sajnos elég régen találkoztunk már. –
felelt István bácsi

- Rendben, akkor mehetünk is. – majd
elindult Géza a kijárat felé.

Odakint még mindig esett az eső.

Néhány utcányira lakott a Solti család.

A luxusból itt is kijutott rendesen. Pazar villa,
körülötte csodás park.

Géza kiszállt az autóból, de Fruzsina bent
maradt. Aztán István bácsi is megjelent,
esernyővel a kezében. Eta utánuk lódult. Így
hárman indultak a kapuhoz.

- Majd én beszólok. – mondta határozott
hangon István bácsi.

- Rendben. – szólt megkönnyebbülve Géza.

A házba ezek után simán bejutottak. Bent,
egy huszonéves fiatalember fogadta őket.
Barátságosan nyújtotta feléjük a kezét.

- Solti Ferenc vagyok. – mondta, Eta, és Géza
legnagyobb megdöbbenésére. A fiatalember
valószínűleg észre vette emezek zavarát, és így
folytatta:

- A bátyám halála után, két évvel születtem.
Egyfajta pótlék, akinek mindenben a soha nem
ismert bátyjára kell hasonlítania. Még a nevem is
róla kaptam, külön hivatalos engedéllyel.

Így már érthetővé vált a dolog.

A fiú bevezette őket egy szobába. Belépve,
szinte bántotta a szemüket, a sok fehérség.
Minden fehér volt, a fal, az ágy, és még a férfi is,
aki benne feküdt. Mellette egy fehér szék, azon
pedig, egy fehér köpenyes ápolónő. Az ágy
mellett egy oxigénpalack.

- Ő az apám.- mutatott rá a férfire a fiú.
Most újabb döbbenet következett. Csak
nézték a férfit, mintha meg lennének babonázva.
- Üdvözlöm uram! – szólalt meg Géza.
A férfi nem szólt semmit, csak üdvözlésre
emelte a kezét.
- Azt hiszem, az ügy, amiben eljárunk ezúttal
tárgytalan. – kezdte Géza szórakozottan,
zavartan a mondandóját, majd a fiatal srác felé
fordult. – Beszélhetnénk az édesanyjával?
- Sajnos, az lehetetlen, mivel néhány éve
lelépett.- mondta tárgyilagosan Feri.
- Sajnálom. – hajtotta le fejét Géza.
Most lépett előre István bácsi, aki eddig a
Géza takarásában állt, majd odament a fekvő
férfihoz.
- Szevasz Ferikém! Mi a fene történt veled? –
horkant fel.
- Megvénültem, elfáradtam. – nyöszörögte
amaz.
- István bácsi! Sajnálom, de nem szabad
apámat kifárasztani, kérem, ne beszéltesse! Ha
kíváncsi rá, én szívesen elmesélem, mi történt.
- Rendben. – felelt az öreg.
Közben Eta elnézések közepette félre vonult,
mert eszébe jutott valami. Kiment, elővette a
telefonját, és felhívta a kórház baleseti sebészet
recepcióját. Megbeszélte az ismerős lánnyal,
hogy ha véletlenül valami baj van, rosszabbul
lenne a Károly bácsi, feltétlenül szóljon neki. A
kis hölgy megígérte, megnézi hogy van, és ha
baj lenne, visszahívja. Ezután elbúcsúztak.
Visszament a szobába, és szólt Gézának, hogy
jó lenne indulni, mert az idejük nem végtelen.

- Ha már ilyen állapotban van Feri bácsi, nem kellene a Ferit elvinnünk a kórházba? – kérdezte Géza a lányt.

- Ez remek ötlet, legalább a Solti családot is képviseli valaki. – helyeselt a lány, majd így folytatta – Reméljük sikerül őt meggyőznünk.

- Rendes srácnak tűnik. – vágta rá a férfi

Nem is kellett sokáig győzködniük. Miután elköszöntek a beteg idősembertől, előálltak az ötletükkel, mire Feri rögtön rávágta, hogy – Ugyan miért ne! Hisz végül is közvetve neki köszönhetem az életemet. Az anyámnak soha nem kellett volna második gyerek.

Amíg felöltözött, és leértek a Géza autójához elmesélte, hogy tizenöt éves koráig nevelte az anyja, aztán elhagyta őket egy fiatal férfi miatt. Az apja ebbe betegedett bele.

Az autóhoz érve a Géza bejelentette, hogy most a Kerekes Ági szüleihez mennek.

István bácsi megállt egy pillanatra.

- Istenem! Hogy szerették egymást a gyerekek! Már- már az esküvőt tervezték. Azóta sem találkoztam a szüleivel. Mi lehet velük? – morogta immár maga elé az utolsó mondatot.

- Most megtudjuk.- válaszolt Géza.

- Jöjjön, utazzon velünk. – ajánlotta fel Géza az autóját Ferinek, de az Etára nézett, és csak ennyit mondott: - Inkább a hölggyel utaznék, ha nem baj.

Eta hírtelen elpirult, majd zavartan válaszolt.

- Csak nyugodtan.

Így indultak el, elől Géza és Fruzsina, azután István bácsi a soförrel, majd Eta és Feri. A Kerekes család négyutcányira lakott innen.

Eta már meg sem lepődött a pompaláttán. Gyönyörű, kétszintes ház fogadta őket ezúttal is, parkosított kerttel.

Itt szintén István bácsi segítségével jutottak be, de csak ő, Géza, és Eta. A kovácsolt vaskerítés mögött azonban, három, hatalmas kutya vicsorított. Olyan vehemenciával ugattak, hogy szinte habzott a szájuk a dühtől. Félelmetesek voltak.

Géza kereste a csengőt, vagy a kaputelefont, de sehol nem találta.

Néhány percen belül megjelent egy férfi, és nagyot füttyentett. A kutyákat mintha áramütés érte volna, abban a pillanatban abbahagyták az ugatást, és farkukat csóválva megindultak a ház felé.

- Félelmetes…-mondta csodálkozva Géza.

- Az. – jegyezte meg Eta is hasonló reakcióval.

- Miben segíthetek? – hallották a férfi hangját már a közelből.

- Mi a Kerekes Lászlót, és a kedves feleségét keressük. – szólt István bácsi.

- A nagyapám itthon van, de a nagymamám sajnos az intézetben. Kit tisztelhetek Önökben?- kérdezte a fiatalember, miközben a kapukulcsot szorongatta a kezében.

- Elnézést, hadd mutatkozzak be. Engem Pálvölgyi Istvánnak, a fiatalembert Török Gézának, és a hölgyet pedig …

- Somogyi Etelka- folytatta Eta a bemutatkozást.

- Szeretnénk a nagyapjával beszélni, ha lehet, egy nagyon régi ügyről. – fejezte be a mondandóját István bácsi.

A fiatalember kicsit habozott, majd kinyitotta a kaput.

- Jöjjenek be! – mondta, majd előre ment.

A kutyák álmosan nézték a vendégeket. A házba érve a nappaliba léptek. A fiatalember most feléjük nyújtotta a kezét.

- Kerekes Tibor- mutatkozott be szívélyesen.

– Foglaljanak helyet! Mindjárt szólok a papának. - majd a sarokülőre mutatott, és kisietett a nappaliból.

Kis idő múlva, egy kerekes székben ülő, ősz hajú öregembert tolt be a helységbe. Az idősember kíváncsi pillantásokat vetett a látogatói felé. Görnyedt válla előre hajolt, szemében megkopott a fény, és mély barázdát szántott az idő az arcára, de ez a kíváncsi tekintet, életet lehelt a meggyötört ember lelkébe.

István bácsi mindenkit bemutatott sorban. A Laci bácsi, csak nézett rájuk, és semmit nem értett, mit akarnak tőle ezek az emberek.

- Mi tulajdonképpen azért jöttünk,- kezdett bele mondókájába

István bácsi,- mert szeretnénk, ha velünk jönne a városi kórházba. – majd mindent szép sorjában elmesélt.

- Nem tudom, miért kellene nekem megbocsátani egy olyan embernek, mint a Szalay Károly? Elvette a lányomat, és a feleségemet. – mondta Laci bácsi.

- Nos arról van szó, hogy az Ági halála után két héttel, a másik nagynéném, Kati is meghalt, vízbe fulladt. Ezt a nagymamám már nem bírta feldolgozni, és teljesen megbomlott az elméje. – mesélte Tibi – Szóval a mamám jelenleg is egy pszichiátrián fekszik, a nagyapám pedig, amint látják, lerokkant. Én a harmadik gyermekük, az egyetlen fiuk leszármazottja vagyok, és mindezt hallomásból tudom, az apámtól.

- Sajnálom.- szólt mély együttérzésből István bácsi. – De ha mód lenne rá, megkérném, hogy legalább ön jöjjön velünk.

- Ha ezzel segíthetek, hát miért ne?- szólt a fiú, és a nagyapjához fordult. – Papa, most elmegyek, de jövök nem soká ígérem, és hozok neked citromos nápolyit.

- Jó, de sokat ám! – mondta az öregember.

- Rendben papa, legyél jó! Azonnal visszajövök.- szólt Etára nézve, azzal elindult a szoba felé, ahonnan hozta a Laci bácsit.. Az, mint valami gyerek, csak a nápolyiról beszélt, már a vendégek nem is léteztek számára.

- De tényleg sokat hozzál, mert a Démon, a Cézár, és a Gyilkos is szeretik, és a múltkor a Démonnak nem jutott.- hallották az idős férfi egyre távolodó hangját.

Géza, és Eta egymásra néztek, és alig észrevehetően elmosolyodtak.

A fiatalember kisvártatva meg is érkezett. Megbeszélték, hogy Tibi, az Eta kocsijában fog utazni. Az utcára érve Géza javasolta, hogy a Fehér Krisztáékhoz, sétáljanak át ketten, nincs messze, és időközben az eső is elállt. Eta beleegyezett a dologba, majd elindultak.

Körülbelül két perc séta után egy gyönyörű házhoz értek.

A kerítésen, és a házon is borostyán futott végig. A kertben óriási jegenyék sorakoztak egymás után. Középen volt egy kis park, tökéletesre nyírt sövénnyel. A kapu mellett telefon. Géza megnyomta a gombot.

Vártak, de semmi nem történt. Aztán ismét csengetett, de válasz most sem érkezett.

Már a szomszéd kutyája is megelégelte a dolgot, és éktelen ugatásba tört ki. Ekkor recsegve megszólalt a telefon.

- Ki az? – kérdezte egy fiatal női hang.

- Elnézést, én a Török Géza vagyok, és a Fehér Kriszta szüleit, hozzátartozóit keresem.

- Nem ismerek semmiféle Fehér családot, menjen innen! – azzal lecsapta a telefont.

Géza , Etára nézett, és lebiggyesztette a száját, majd ennyit mondott:

- Mit jelent ez?

- Fogalmam sincs. – mondta a nő meglepve.

- Szerintem próbálkozzunk a szomszédoknál, talán tudnak valamit.

- Oké.

Azzal elindultak. Azonban a következő szomszédnál sem volt szerencséjük, mivel nem reagált a csengőre. Kelletlenül tovább indultak.

- Ha itt sem lesz szerencsénk, szerintem hagyjuk a dolgot. – mondta a férfi. Eta bólintott.

A kaputelefon recsegve szólt.

- Rossz ómen. – nevetett Eta.

- Igen. – fűzte hozzá amaz.

- Mit akarnak? – kérdezte a telefon másik végén egy élces férfihang.

- Elnézést! Török Géza vagyok, a hölgy pedig Somogyi Etelka, a városi kórház egyik ápolónője. A Fehér családról szeretnénk érdeklődni, akik itt laktak a harmadik szomszédban.

Ezután kínos, hosszú csend következett. Majd recsegve ismét megszólalt a férfi.

- Akiknek a lányát autó baleset érte?

- Igen!- kiabálta Géza

- Várjanak egy pillanatot, szólok a feleségemnek, ő jobban ismerte őket. – azzal csend lett a másik oldalon.

Pár percet álltak ott, mire nyílt a kapu. Ezek egymásra néztek, majd elindultak a ház felé. Az ajtóban, már várta őket egy idős ősz hajú asszony.

- Jó napot asszonyom, mi a Fehér családról szeretnénk információt kapni. Nagyon fontos.- kezdte Géza a mondókáját.

- Igen, a férjem már mondta. Jöjjenek beljebb.- invitálta őket a házba.

- Nos, foglaljanak helyet.- és széles mozdulatot tett a kanapé irányában. Szinte belesüppedtek, talán még túl kényelmes is volt.

- Sajnos nincs jó hírem a Fehér családról. A Kriszta egyetlen gyermeke volt a szüleinek. Csodálatos életet éltek, és olyan boldogok voltak, hogy mesébe illett. A szülők példás magatartást tanúsítottak, és ez kihatott a Krisztikére is. Jól nevelt, kedves, tündéri kislány volt. Meg is tettek érte mindent a szülei. Főiskolára járt, és volt egy komoly udvarlója is, azt hiszem Ferinek hívták. Ő is balesetet szenvedett a Krisztikével, meg még másik három fiatallal együtt. Azt hiszem, egy maradt életben, de az is megvakult. Csúnya baleset volt, akkoriban mindenki erről beszélt. A Krisztike szülei teljesen összetörtek. Teljesen kifordultak magukból, rájuk sem lehetett ismerni. Az addig kedves emberek attól kezdve teljesen megváltoztak. Gorombák, emberkerülők lettek. Aztán egy nap megállt előttük egy rohammentő, és elvitte az asszonyt. Öngyilkos lett, de már nem tudták megmenteni. A férje pedig mindent eladott, és szabályosan elmenekült az országból is.

- Szomorú történet. – jegyezte meg Eta, könnyeivel küszködve.

- Sajnálom. – tette hozzá Géza. A nő csak bólogatott. Ezután elköszöntek, és visszasétáltak az autóhoz.

- Indulhatunk a kórházba.- kiáltott Géza, hogy mindenki hallja.

Az út nem volt hosszú, hamar odaértek, amit Eta nagyon nem bánt, mivel a mellette ülő fiatalembernek be sem állt a szája. Eta gondolatai, már a Károlynál jártak, csöppet sem érdekelte a Feri suta udvarlása. Végre odaértek.

Egymás után szállingóztak ki az autóból, majd összesereglettek, mint egy osztálykiránduláson a gyerekek.

- Nos. Akkor induljunk.- javasolta Eta. A többiek bólintottak, majd követték a nőt. Az elfekvő recepciójánál Eta megállította a kis csapatot, majd a kolléganőjéhez fordult.

- Mit tudsz a Szalay Károlyról? – kérdezte félve.

- Tudtommal, minden rendben vele, de már nagyon gyenge. – válaszolt amaz. Mire ezt kimondta, ott termett Pataki doktor is. Megfogta a lány karját, és félre vonta, majd a következőket mondta neki: - Sajnos a Szalay úr egyre gyengébb, félő volt, hogy hiába lesz a fáradozása. De valami általam nem ismert dolog még ezen a világon tartja.

- Ez nem más, mint az akaraterő.- kottyantotta oda Eta, majd sarkon fordult, és elindult a kórterem felé, miközben intett a többieknek, hogy kövessék.

- Üdvözlöm Károly bácsi!- kiáltott már az ajtóból a lány.- Látja, tényleg itt vagyok, és vendégeket is hoztam magammal.- majd a többiekre mutatott.

A férfi szeme kikerekedett a csodálkozástól. A Fruzsinát biztosan megismerte, és úgy tűnt, a Gézát, sőt talán az István bácsit is. A tekintete ezt árulta el.

- Szevasz Károly!- szólt az idős ember.- Megismersz még?

- Természetesen. – hallatszott egy erőtlen, gyenge hang. – Hogy van István bácsi?

- Voltam már jobban is fiam.- válaszolt az öreg, és könny szökött a szemébe, ahogy végig nézett ezen a meggyötört, magatehetetlen emberen.- Hallom nem nősültél meg. – nyögte ki végül.

- Soha, még gondolatban sem. Az ön lánya volt nekem az etalon. A kezdet és a vég. A fény és a sötétség. Ő volt, a mindenem.- nyögte, és arca két oldalán végig szántott egy-egy könnycsepp.

Ezután mindenki bemutatkozott, és elmondta, milyen minőségben van itt. Végül Kárlosz ennyit mondott: - Az egy pozitívum, a Te születésed.- nézett rá Ferire.

- Igen. Ha a bátyám nem hal meg…sohasem születtem volna erre a világra. Sajnálom a bátyámat, bár én nem ismerhettem, de önnek köszönöm, hogy itt lehetek.

Kárlosz akkorát sóhajtott, hogy még talán a másik kórteremben is hallható volt.

- Nos nekem mennem kell, már nagyon elfáradtam. Fiam! Nyugodj békében, én megbocsátok neked, isten lássa lelkem.- közölte kedvesen István bácsi.

- Nagyon szépen köszönöm, nem is tudja, mit jelent ez nekem. – mondta hangjában mély meghatottsággal Kárlosz, és az öreg felé nyújtotta a kezét.

- Megszenvedtél te is. – majd ráncos kezét Kárlosz kezébe rakta, és megrázta finoman.

A kórtermet valami megmagyarázhatatlan, kellemes érzés járta át.

Miután mindenki kiment Eta utánuk sietett, és ennyit mondott:

- Nagyon szépen köszönöm mindenkinek, hogy eljöttek, ez igazán szép, emberi gesztus volt.

Ezután visszament az öreghez.

- Eta drága! Nem tudom, ezt hogy csinálta, de szívből köszönöm. – rebegte Kárlosz.

Ekkor váratlan dolog történt. Eta, az édesanyját pillantotta meg a kórterem ajtajában. – Mit keres itt? – villant át az agyán. De válasz helyett odalépett az anyja, és megcsókolta Kárlosz arcát. Na ez már kiverte Etánál a biztosítékot, és már éppen kérdezni akart, amikor az anyja elkezdte.

- Azt hiszem, magyarázattal tartozom, mind kettőtöknek. Nos, a helyzet a következő. Kárlosz…az apád.- nézett a döbbent lányra, az anyja.

- Micsoda?- visította az.

- Igen, kislányom, ő, a te édesapád.

- Egy pillanat! Ez hogy lehet?- kérdezte a megdöbbent férfi.

-Talán emlékszel arra a kis félre lépésedre, amikor a Feriék bulijában elvetted a szüzességem? Nos, az a kis cafka vagyok, akire minden rosszat kitaláltak, pedig csak annyi volt a bűnöm, hogy iszonyúan szerelmes voltam beléd. Nem volt lehetőségem ezt bebizonyítani, de azon az éjszakán mégis egy csodálatos ajándékot adtál nekem: a lányomat, a lányunkat. Miután megtudtam, hogy terhes vagyok, beköltöztem a városba, ne kérdezgessék, ugyan kié a gyerek? Miután láttam, mennyire szereted a Mariannt, nem akartam többé közétek állni. Ezután évekig nem hallottam rólatok, majd csak annyit, hogy megvakultál, és remete lettél. Beszélték, hogy soha nem mozdulsz ki, kivéve a baleset helyszínét látogatod meg, az évfordulókon. Tudtam, hogy soha nem hinnéd el, ha eléd állnék, hogy Eta a mi kislányunk, ezért nem is jelentkeztem ezután sem. Pláne, hogy időközben én is férjhez mentem, és a férjem úgy nevelte a lányomat, mintha a sajátja lenne. Sajnos neki nem lehetett. Sajnálom, hogy most, és főleg hogy így kellett megtudnod, de nem csak te szenvedtél, hanem én is. Még pedig pokolian. De megbocsátok neked, ezért jöttem, hogy közöljem veled.

A teremben olyan csend volt, hogy a légy zümmögését is hallani lehetett volna. A csendet a férfi törte meg.

- Nem tudhattam, és hidd el, nagyon sajnálom. Bár csak előbb elmondtad volna! Talán minden másképp alakul, ha tudom, hogy van egy kislányom. Bocsáss meg nekem, kélek!- mondta sírással küszködő hangon.

- Én már rég megbocsátottam neked.- mondta, és megfogta a férfi kezét, majd a lányukra nézett, és így szólt: A kérdés az, hogy te megbocsátasz-e nekem?

Eta ekkor már felfogta a dolgokat, amiket az anyja hirtelen zúdított rájuk, de a sírást még nem bírta abba hagyni.

Kisvártatva erőt vett magán, letörölte a könnyeit, és így szólt:

- Most már tudom, mi volt az a különös érzés, ami mindig a Károly bácsi…illetve az apám közelébe parancsolt. Miért nem mondtad el, legalább nekem, hogy ki az apám? – kérdezte vádlón.

- Igazad van kicsim, de soha nem hittem volna, hogy a sors, ilyen rossz tréfát űz velünk. Mi volt annak az esélye, hogy valaha is találkozol az apáddal? Talán soha nem is mondtam volna el, ha nem így végződik ez az egész.- Megfogta a lánya kezét is, és összetartotta mindhármukét egyben. A férfi határtalanul boldog volt, a szeme úgy csillogott, mint ezernyi csillag az égen. És mosolygott, hol a lányra, hol a nőre.

- Köszönöm. Most már boldogan halok meg.- rebegte a férfi.

A keze elernyedt, és élettelenül zuhant az ágyra.

Az eső ismét eleredt odakint.

Október van. A szél számolatlanul tépi le, az ősz által megfestett tarka leveleket. Az égen sötét felhők gyűlnek, és a kövér eső cseppek monoton kopogása jelzi: véget ért a nyár!

A szélben bólogató fák búcsút intenek a vidám, napsugaras napoknak, hisz a sárgarigó is elköltözött már.

Elvitte magával a nap melegét, a derűt, a boldogságot, elvitte a szerelmet, és elvitt, egy apát. Ahogy az eső áztatja a földet, úgy áztatják a könnyek a lány arcát is. Ilyen az, amikor az ember egy nap alatt, két apát sirat el.

VÉGE